꽃, 말

# 꽃 , 말

이영미 · 강예원 · 장정원 · 최동진 · 추유담 · 서지영 · 우주연

# 차례

## 프롤로그

12월입니다. 연말입니다.

추울 때 쓰기 시작한 글이 다시 추워질 때가 되어 마침표를 찍었습니다. 사실 글을 완결 내면 어떤 기분일지 상상해 본 적이 있습니다. 정말로 나의 일부가 도려내진 것처럼 허전해질까, 그 난 자리에 바람이 틈입해 쓸쓸한 기분이 되어 버릴까. 아니면 후유증으로 감기같이 짧게 앓게 될까. 여름날의 강가를 산책하며 그런 상상을 했던 날이 있었습니다.

이제야 겨우 고백하건대, 지난 몇 년 동안 저는 아주 긴 슬럼프에 시달리고 있었습니다. 문장들은 제게 찰나만 머물렀다가 붙잡을 새도 없이 휘발되었습니다. 어떤 글도 제대로 끝맺을 수가 없었어요. 여러 장의 원고들이 미완성이라는 이름을 가진 폴더에 자꾸만 쌓여 갔고, 저는 지쳐갔습니다. 극야의 날들이 끝나지 않을 것처럼 이어졌습니다. 그러다 공모전을 시작하게 되었어요. 다시 글을 쓰기 시작했고, 몇 년 만에 처음으로 글을 완성시켰습니다. 사실 기분이 묘합니다. 예상과 달리 그렇게 딱히 허전하지도, 쓸쓸하지도, 아프지도 않거든요. 다만 결과물에 뿌듯하기만 합니다.

〈꽃, 말〉을 관통하는 전체적인 테마는, 이미 제목으

로도 유추할 수 있듯이 '꽃'입니다. 우리 7명은 글 속에 각자가 품고 있던 꽃을 담아 보았습니다. 누군가는 시를 쓰기도 했고, 몇몇은 수필을 썼고, 나머지는 소설을 집필하였습니다. 그러는 동안 우리는 사계를 겪었고, 그 사이에 우리는 수많은 꽃이 피고 지는 것을 보았습니다. 우수수 떨어지는 꽃잎을 보며 감성적인 기분에 잠길 때도 있었지만 분명한 것은 우리가 성숙해졌다는 사실입니다. 곧 읽게 될 글들은 우리가 저마다 맞은 개화기의 산물들입니다. 세상에는 수많은 꽃들이 존재하지만 겹치지 않는 고유의 개성을 가지고 있듯이 우리의 글들도 그렇습니다. 각자만이 피워 낼 수 있는 꽃을 피워 냈습니다. 좋아하는 사람에게 깜짝 꽃다발을 받은 것처럼, 그런 마음으로 즐겁게 읽어 주신다면 매우 뿌듯할 것 같습니다.

마지막으로 지면을 빌어 감사드리고 싶은 분들이 있습니다. 이번 책이 인쇄될 수 있게 힘써 주신 오지은 교수님, 박병철 교수님 감사드립니다. 편집에 도움주신 이영미 님 감사드립니다. 축이 되어 준 우주연 님 감사드립니다. 그리고 우리 서로의 경쟁자들(강예원, 이영미, 우주연, 장정원, 추유담, 최동진) 감사드립니다.

각자가 지닌 꽃의 모습을 모르고 있던 과거의 우리에게 이 책을 헌정합니다.

새로운 장을 앞두고, 서지영 드림.

화
담

花
談

스물한 살, 나의 하루와 함께한 이들에게.

## #1. 아카시아꽃

꽃의 향기로움을 처음 경험한 건 초등학교 1학년 때의 일이었다. 꽃에 대해 관심조차 없었던 그 어린 날, 단지 향기 하나로 나를 뒤돌아보게 했던 아카시아꽃. 은은하게 퍼지는 달콤한 향기와 초록 잎 사이에 피어난 새하얀 꽃은 어린 나에게 강렬한 인상을 심어 주기에 충분했다. 바람결에 흩어지는 그 내음은 지금까지도 내 기억 속에 남아 있다. 내가 살아온 20년이라는 시간의 흐름 속에 수많은 기억이 생성되고 소멸하기를 반복했지만, 아카시아꽃은 찰나의 순간임에도 아직 선명하다. 누군가의 기억 속에 강렬하게, 그리고 아주 오랫동안 향기로운 추억으로 남을 수 있다는 것은 결코 쉬운 일이 아니다. 당장 어제의 사소한 일도 잊어버리는 내가 1분도 안 되는 내 8살의 기억을 간직하고 있다는 것을 되새겨보니 새삼 신기할 따름이다. 딱히 거창한 인연도, 오랜 시간을 함께해온 사이도 아닌 그저 스쳐 지나가는 꽃이었지만 지금까지도 아름답게 추억되는 이유는 아마 아카시아꽃 고유의 달달한 향기 때문이었을 것이다. 누구도 흉내낼 수 없는 짙은 향기, 멀리까지 쫓아와 코끝을 건드리는 향기, 그래서 괜스레 계속 찾게 되는 애틋한 향기 말이다.

우리는 어떠한가? 자신만의 향기로 다른 사람의 기억

속에 존재하고 있는가? 누군가의 기억 속에 강렬하고도 아름답게 추억된다는 것은 축복이라 여길 정도로 어려운 일일지 모른다. 그만큼 상대에게 내가 특별하고 소중한 사람이 되어야 하기 때문이다. 나는 늘 그런 사람이 되기를 바랐다. 아니, 이를 마다할 사람이 어디 있겠는가. 그러나 이는 내가 소망한다고 해서 말처럼 쉬이 이뤄낼 수 없다. 반대로 나에게 향기로운 꽃으로 추억되는 소중한 사람이 있는지 생각해보라. 누군가가 나에게 아름답게 추억되는 것 또한 힘든 일이기에 아마 금방 떠오르는 사람이 없을지도 모른다. 떠오른다면 분명 그 사람은 사랑받기에 충분할 만큼 모난 구석이 없는 이일 것이다. 그렇다. 나 또한 누군가의 추억 속에 꽃으로 남기 위해서는 아무런 잣대 없이 사랑만으로도 보듬어 줄 수 있는 어여쁜 마음을 가진 사람이 되어야 한다. 그래서 가만히 함께 있는 것으로도 그 순간이 편안하고 따뜻해지는 사람 말이다.

뻔한 이야기이지만, 이를 위해서는 상대를 거짓보다 진심으로 대해야 하며 나만큼이나 상대를 아끼는 마음으로 대해야 한다. 그러나 무엇보다 중요한 것은 그 누구도 대신할 수 없는 '나'가 필요하다. 마치 아카시아꽃의 향기처럼 말이다. 예전에는 늘, 내가 아닌 다른 사람의 기준에서 나를 바라보았다. 내 기분보다는 다른 사람의 기분에 나를 맞추며 행동했고 점점 상대를 거짓으로 대하기 시작했다. 꾸밈없이 상대방에게 나를 보여 주기보다는 가면을 쓰고 있었던 것이다. 점점 나 자신이 불분명해지는 느낌이 들었을 때, 나를 되돌아보게 되었다. 내가 거짓으로 그 사람을 대하면서 나도 그 사람도 더 이상 서로의 소중한 사람이 되어 있지 않다는 것을 알게 되었다. 그제야 서로에게 애틋한 사람이 되기 위해서는 나만의 모습으로, '나'의 모습으로 진심을 다해 상대를 대해야 한다는 것을 깨달았다.

우리는 꽃처럼 누구에게나 향기로울 수 없으므로 이러한 내면의 노력이 필요하다. 그럼에도, 이 노력 끝에 얻을 결실은 결코 작지 않을 것이다. 내가, 그리고 그대가 향기로울 수 있다면 그보다 행복한 일은 없을지도 모르겠다. 그대와 함께했던 계절과 시간, 바람, 햇살, 그대의 향기, 미소 그리고 잔잔한 사랑. 이 모든 것을 추억할 수 있다는 것에 감사하며 그대도 나를 향기로운 꽃, 향기로운 사람, 향기로운 사랑으로 떠올리길 조용히 바라본다.

## #2. 화뢰

청춘. 이 두 글자를 제법 진지하게 생각해 본 건 작년 4월의 어느 날이었다. 따스해진 날씨에 여기저기서 꽃들이 너나할 것 없이 만개했고, 심지어 벚나무는 초록빛으로 물들고 있었다. 분홍보다는 이제 초록에 가까워진 벚나무들 사이를 지나가던 와중에 그늘진 곳에서 아직도 연분홍빛 꽃봉오리가 꽃이 피기를 기다리고 있는 것을 발견하였다. 음지에 있던 터라 다들 꽃피울 때 혼자 더딘 것이었다. 자세히 보니 이제 막 꽃봉오리 신세를 벗어난 아이도 보였다. 한창 푸르른 벚나무와 연분홍 꽃봉오리의 조화가 새삼 신기해 같은 나무라도 각자의 환경에서 피어나는 시기가 다르다는 것을 괜히 곱씹어 보게되었다.

그러다 문득, 인간의 봄날도 이와 다를 바가 없다는 생각이 들었다. 하나의 계절 속에 살아가는 꽃들도 어느 날 아무 기약 없이 피고 지는데, 하물며 우리의 봄날은 어떠할까! 내 청춘은 어제일 수도 오늘일 수도 내일일 수도 있다. 어쩌면 이미 지나갔을지도 모른다. 그러나 꽃에게도 다시 봄이 오기 때문에, 만물은 순환하기 때문에 우리는 아쉬워할 필요가 없다. 단지 그저 하루하루가 봄날인 듯, 그렇게 살면 되는 것이다.

흔히 젊은 시절을 청춘이라 불러 내 청춘이 지났다고

생각하는 이들에게, 내가 본 4월의 꽃봉오리가 다시금 그들의 인생의 화뢰(華蕾)[1]가 되기를.

---

1) 화뢰(華蕾) - 희망에 가득 차고 장래가 기대되는 인생의 시점을 비유적으로 이르는 말.

## #3. 해바라기

해바라기는 해만을 바라보는 꽃이라 해서 지어진 이름이다. 그래서 흔히 일편단심으로 한 사람만을 사랑하는 사람을 해바라기에 비유하기도 한다. 누군가에게 해바라기는 영원히 그대만을 바라보겠다는 맹목적인 사랑의 의미로 사용되지만, 이상하게도 나는 그 속에서 사랑의 무거운 면이 엿보이는 것 같았다. 계속해서 해를 따라서만 고개를 돌리는 것이 어쩐지 애잔해 보인 것이다. 빳빳하게 고개를 들어 쳐다보는 것이 버거워 보였으며, 애틋한 사랑의 느낌만큼이나 어떠한 의무감에서인지 몰라도 임을 바라보려 악으로 버티고 있다는 그런 서글픈 느낌이 들었다. 그래서 어쩌면 해바라기에게 밤은 비로소 고개를 숙여 쉴 수 있고 본인에 집중하는 자유의 시간이었을지도 모른다. 때로는, 가끔 불어오는 바람에 고정된 고개가 틀어지는 것이 지친 해바라기에게는 순간의 위로였을지도 모른다.

누군가를 사랑하고 누군가에게 사랑받는 일은 생각보다 간단한 일이 아니다. 찬란한 사랑에도 함정이 있다. 태양과 해바라기처럼 우리 서로는 닮은 듯 닮지 않았고 가까운 듯 가깝지 못하기 때문에, 넘치는 애정만으로 완벽한 사랑을 하는 것은 버거울 수 있다. 만약 가능하다고 생각했다면 당신은 함정에 빠진 것이다. 사랑에도 책임감이 필요하고 배려가 필요하며, 존중하는 태도가 필요하다. 사랑으로 얻는 행복에는 그만큼 감내해야 할 것이 생긴다는 것이다. 그러나 해바라기는 그 희생에 지쳐 제 목을 꺾어 해를 포기하지 않는다. 이러한 희생에도 해바라기가 해를 바라보는 것이 더욱 깊은 사랑이라 할 수 있지 않을까. 그래서 해바라기와 해의 사랑은 마냥 맹목적인 사랑보다는 더욱 무게감 있는 진정한 사랑의 의미가 담겨 있는 게 아닐까.

그러나 해바라기에게도 밤이 찾아오고 바람이 부는 것처럼 잠시 쉬어가는 시간이 필요할 것이다. 그 시간이 해가 떴을 때 아낌없이 그 빛을 바라볼 힘이 생기게 하는 것일 수도 있다. 나는 해와 해바라기 같은 사랑을 하고 싶다. 서로의 희생에도 불구하고, 바라보는 것만으로도 행복해서 뜨겁게 마주 보는, 그러다가도 각자의 쉬어감을 존중해 주는 그러한 사랑 말이다. 그래서, 내가 먼저 당신의 영원한 해바라기가 되어 보리라 살포시 다짐해 본다.

## #4. 강낭콩

초등학생 때 학교에서 강낭콩을 작은 화분에 심어 자라는 모습을 관찰하는 실험을 했었다. 같은 환경에서도 자라나는 모습이 제각각이었다. 강낭콩은 어느 정도 길게 자라나면 지지대를 해 줘야 튼튼하게 자라는데, 귀찮아서 지지대에 줄기를 느슨하게 고정한 아이들의 강낭콩은 쓰러지기 일쑤였다. 나는 그게 무서워 꼼꼼하게 지지해 주었더니, 줄기가 창문의 중간 정도 자라나 새하얀 꽃망울을 가장 먼저 피워냈다. 창문을 통해 들어오는 햇빛을 온통 혼자 흡수하는 것처럼 내 강낭콩은 건강하게 자랐다. 그걸 보고 같은 반 남자아이가 내 강낭콩이 가장 예쁘게 자라 부럽다고 편지를 써 줄 정도로.

그 뜬금없는 편지 탓인지, 창가에 길게 솟아난 내 강낭콩 줄기와 하얀 꽃의 잔상이 아직도 내 기억 속에 남아 있다. 집 앞 초등학생들이 작은 화분을 가지고 하교하는 모습을 보다, 이 추억이 떠올랐다. 오랜만의 기억이라 흐뭇한 미소를 지으며 회상하던 와중에 문득 강낭콩 줄기와 그 지지대의 역할에서 나에게 필요한 따뜻한 메시지를 발견하였다.

요즘 따라 작은 위기에도 혼자 일어나기 힘들어 내게 손을 내밀어 일으켜 줄 사람을 찾는 나의 모습을 발견했다. 예전에는 언젠가부터 꾸역꾸역 만들어낸 관계들이

얽히고설켜 꼬인 느낌이 들어 혼자만의 순간을 꽤 나쁘지 않게 여기게 되었고 뭐든 혼자 이겨내려고 속으로 앓았다. 그런데 오히려 스물한 살이 된 지금 기댈 곳을 찾게 되는 것이다. '인생은 혼자'라는 마인드로 관계에 연연하지 않고 잘 살아가고 있다고 생각했는데, 사실은 여전히 혼자가 된 나를 생각하면 위태롭기만 하다. 이러한 모습을 자각했을 때, 조금의 걱정과 두려움이 앞섰다. 언젠가 혼자서 이겨내야 할 시련이 다가오면 대책 없이 무너져내릴 것만 같은 그런.

혼자 이겨내기가 쉽지 않다는 것은 적지 않은 경험으로 배운 탓에, 지금 이렇게 편히 기댈 사람들이 내 곁에 있는 것에 안주하지만, 동시에 이들 없는 삶이 덜컥 겁이 나기도 한다. 단단해져야지, 강해져야지, 마음 굳게 먹어도 누군가 내 손을 잡아 주길 내심 기다리고 있는 내 모습이 나약해 보이기도 했다. 게다가 스물한 살이라고 해도 오히려 어릴 때 보다 물러진 마음이 괜히 불안하기도 했다. 그래서인지 괜찮다고 마음껏 기대어 쉬어라, 나를 위로해줄 무언가가 필요했나 보다. 그래서 그 추억 속에서 이런 메시지를 찾은 것일지도 모른다. 내 강낭콩이 잘 자랄 수 있었던 이유는 튼튼한 지지대 덕분이라고. 그래서 어떤 아이들 것보다 강하고 어여쁘게 자란 거라고. 그리고 나도, 우리도 때로는 지지대에 기대 좀 더 단단하고 건강하게 성장해도 된다고.

## #5. 순비기꽃

제주도의 한담해변을 걷다가 보라색 꽃이 무성하게 피어 있는 것을 발견했다. 그 꽃은 바다와 맞닿아있는 제주의 검은 돌과 초록색 잎들 사이에 앙증맞게 피어 있었다. 유난히 푸르른 여름 바다와 흑색 돌, 그 위의 초록과 보라. 이 신선한 조합이 내 눈앞에서 펼치는 아름다움에 절로 '예쁘다'라는 말이 나왔다.

제주에서의 여행이 일주일쯤이 되자, 계속 마주하는 바다를 바라보다 보면 첫 만남의 청량한 느낌보다는 부산에 두고 온 내 일상과 그 속에 자리 잡은 사람들이 떠올랐다. 그래서인지 괜스레 나와 같은 시선으로 바다를 보고 있는 그 보라색 꽃도 나처럼 무언가를 그리워하고 있는 느낌이 들었다. 노을이 질 때까지 이 풍경을 바라보자니 꽃 뒤에 그늘이 지는 게 그리 쓸쓸해 보일 수가 없었다. 그리고 우연히 이 꽃이 '보랏빛 그리움'이라는 꽃말을 지닌 순비기꽃이라는 것을 알게 되었을 때, 순비기 꽃의 잔상은 이 그리움을 더욱이 깊게 만들었다.

'어둠이 빛의 부재라면, 여행은 일상의 부재이다.' 김영하 작가님의 말이라며 엄마가 해 준 말이 떠올랐다. 김영하 작가님의 '일상의 부재'가 일상에서의 탈출을 의미하는지 '집 나오면 개고생'을 말하고자 하는지 알 수 없었지만, 제주도에서의 나에게는 일상의 그리움과 소중함

을 의미하는 뜻이 되었다. 이번 여행을 통해 일상에서의
해방과 설렘을 얻었지만, 한편으로는 일상의 포근함을
깨닫고 그 가치에 대해 알게 되었다. 때로는 새로운 변
화가 우리에게 활력을 줄 수 있지만, 벗어나고 싶어 할
정도로 일상을 미워할 필요가 없다는 것을 새삼 깨달았
다.

그렇다면 어떻게 나의 일상을 사랑스럽게 받아들일 수
있을까? 애월의 작은 독립서점에서 우연히 사랑에 관한
책을 보았는데, 오랜 연애에 있어서 그 사람과의 시간이
지겨우면 그 인연은 끝이지만 편안함으로 다가오면 영원
할 수 있다는 메시지가 담겨있었다. 그 말에 공감하며,
우리의 일상도 다르지 않다고 느꼈다. 일상을 지겨움이
아니라 편안함으로 받아들인다면 매일 지나는 길, 즐겨
찾는 장소, 이런 반복된 하루와 그 속에서 항상 마주하
는 사람들까지도 진정으로 사랑할 수 있지 않을까.

## #6. 민들레

어릴 적에는, 하얀 솜털 같은 민들레 홀씨와 노란 꽃의 민들레는 마치 다른 식물인 마냥 닮은 구석이 없는 것 같았다. 그래서 어린 마음에 민들레 홀씨를 보곤 바람에도 쉽게 사라져 버리는 가여운 식물이라고 생각했었다. 어느 날, 민들레의 노란 꽃이 지면 민들레 홀씨가 된다는 것을 알고는 꽤 놀랐던 기억이 난다. 지금 돌이켜보면 나는 민들레의 일부분만 보고 민들레를 안다고 여겼던 것이다.

살아가면서 온전한 내 모든 모습을 봐 줄 수 있는 사람이 몇이나 있을까. 타인의 일부분만 보고 그 사람에 대해서 함부로 말하고 다니거나, 자신이 내키는 대로 그 사람을 평가하는 일은 드물지 않게 볼 수 있다. 나 또한 모든 것을 알지 못하면서 다른 사람을 멋대로 판단한 적이 있을 것이다. 마치 민들레에 대한 착각처럼. 우리는 일부가 전체를 대변할 수 없다는 것을 알아야 한다. 항상 내가 보는 것은 그 사람의 일부라는 것을 명심해야 한다. 그리고 그 사람에 대해 생각할 때 항상 조심스러워야 하며, 나의 판단이 무조건 옳은 게 아님을 염두에 두어야 한다.

사실 우리는 민들레와 같은 꽃이 아니기에 한평생을 살면서 타인에게 전부를 보여 주기란 어려운 일이다. 그래서 여기저기서 오해가 생기고 뒷담화나 싸움이 빈번하게 일어난다. 때로는 단순하리만큼 민들레처럼 자신이 피어난 자리에서 꿋꿋이 스스로를 보여줄 수 있으면 좋으련만, 말처럼 쉽지 않다. 그러므로 서로가 모든 것을 공유할 수 없음을 이해하고 상대방의 일부를 받아들이되, 그것을 전부라고 믿지 않는 것. 혹여 그 사람이 나의 기준에서 이해가 되지 않는 사람이더라도, 그 모습 이외에는 내가 모르는 더 나은 모습이 존재할지도 모른다고 넘어가는 것. 그것이 성숙한 인간관계를 위해 필요한 요소일지도 모르겠다.

## #7. 태풍이 지나간 뒤

매서운 바람과 억센 빗줄기를 몰고 오는 태풍은 그 시기에 피어 있는 여린 꽃들에게 버거운 존재일 것이다. 자신이 지나가는 길 아래 어느 것 하나 멀쩡히 두지 않는 이기심 가득한 태풍의 일방적인 공격은 그들의 잎은 물론 뿌리를 뽑아 날려 버릴 정도다. 태풍이 지난 후, 여기저기 널브러져 있는 나뭇가지와 잎, 심지어는 굵직한 나무가 한바탕 난리 난 그 날의 처참함을 보여주었다. 신기한 것은 강력한 태풍에도 굳건히 버틴 아이들의 튼튼해진 모습이었다. 그 이전에는 뜨거운 여름의 태양 때문인지, 시들시들해 곧 질 것 같은 화단의 꽃들이 다시금 비를 머금고 활짝 피어난 것이었다.

나만 그런 것인지 가끔 갑자기 폭풍처럼 다가오는 우울감도, 태풍처럼 한 번에 몰아치는 안 좋은 일도 해를 거듭할수록 떨쳐내기 어려워진다. 이런 요즘의 나에게 태풍이 지난 다음 한층 더 어여뻐진 꽃들이 작은 위로를 건네는 것 같다. 스트레스, 우울, 분노 이런 모든 것들은 성장의 신호라고. 태풍처럼 휘몰아치더라도, 꿋꿋하게 버텨 그것들을 거름 삼아 더 빛나라고.

잎 하나 떨어지고, 줄기에 상처 좀 나고, 정신 못 차리게 흔들려도 태풍이 지나간 뒤 우리의 모습은 더 예뻐져 있기를.

## #8. 벗-나무

4월이 되면 수많은 벚꽃 명소들이 떠오르지만, 그 어느 곳보다도 내 고등학교 교정이 가장 먼저 떠오른다. 분홍빛 벚나무 아래, 빨간 교복 재킷을 입고 사진 찍는다고 북적거렸던 그때를 되돌아보니 우리들의 모습이 참 예뻤었다. 교정이 아닌 다른 곳에서, 그 시절 친구들이 아닌 다른 사람과 봄을 보낸 것이 올해로 두 번째가 되었다. 그 시간 동안 우리는 각자의 환경에서 나름 어른스러워지려고 노력하고 있는 것 같다. 고등학교 때보다는 좀 더 자유로워졌지만, 한편으로는 그만큼의 책임이 따르고 때로는 그 무게가 부담스러운, 이런 느낌이 썩 달갑진 않다.

그날이 생각난다. 대학생이 되고 나서 막 2학기가 시작했을 때쯤인가, 고등학교 친구들과의 술자리에서 우연히 앞날에 관한 이야기를 하게 되었다. 지금의 대학 생활이 마음처럼 쉽지 않을 뿐더러 졸업 후에는 내가 무얼 하며 살아갈지 막막하고 두려운 마음에 눈물이 찔끔 났던 날이었다. 지금 자신의 위치가 그다지 마음에 들지 않아서, 내 선택이 옳은가 도통 알 수가 없어 불안해서, 다들 제각각의 이유로 울컥했던 것이었다. 술 기운도 있었겠지만, 그 눈물이 남들이 생각하는 것보다 무겁다는 걸 그 자리에 있던 우리만큼은 이해할 수 있었다.

아직 한참 남은 인생에서 스무 살의 슬픔은 커다란 벚나무에서 꽃잎 몇 개 떨어진 것에 불과할 수도 있다. 더 많은 잎이 떨어질 때면, 우린 또다시 모여 화려하던 벚나무 시절을 되돌아보고는 그날을 추억하며, 웃음짓지 않을까. 그리곤 문득 그때의 우리가 그리워질 것이다. 그 나무 밑 벤치도, 그곳에서 멍하니 바라보았던 교정과 일정한 흐름 없이 이어가던 대화도, 심지어 그곳을 지나가던 선생님들의 시답지 않은 농담에 피식 웃던 순간도. 이렇게 추억하는 게 실상 어떤 문제를 해결해 주겠느냐마는, 그래도 이런 순간들을 함께 나누며 슬퍼하고 기억하고 행복해하면서 성장할 수 있다는 것이 한편으로는 감사한 일이 아니겠는가.

각자의 자리에서는 성숙해지려 애쓰지만, 사실 우리끼리 모이면 실감이 안 난다고, 우리는 여전히 고등학생인 것 같다고 신기해한다. 이런 우리의 만남이 너무 빨리 흐르는 시간을 실감하게 하지만 계속해서 나의 이야기를, 서로의 이야기를 들어 주고 공감 해주는 사람들이 있어 다행이라 여긴다. 대학생이 되어 함께하는 모습을 그리던 우리가 이제는 직장인이 된 서로를 상상하고 결혼식장에 있는 모습과 아이를 함께 키워 가는 나날을 상상하고 있다. 멀다면 먼 이야기겠지만, 이렇게 계속해서 함께 추억을 만들어 갈 이들이 있다는 게 새삼 소중해지는 분홍색 봄날이다.

## #9. 상사화(相思花)

언제부턴지 좋아하는 꽃 하면 백합이 떠올랐다. 실제로 본 적도 없는 백합이 어째서 내 마음속에 자리 잡은 것인지 알 수 없었지만, 수많은 백합이 핀 들판에서 내 마음의 짐들을 잠시 내려놓고 숨 한번 크게 들이마시는 그런 상상을 종종 하곤 했다. 한때는 하얀 백합으로 가득 찬 들을 보는 게 소원인 적도 있을 정도였다. 다양한 색을 가진 백합이지만, 줄곧 그 어떤 색보다 흰색 백합만큼 고혹적인 분위기를 풍기는 백합은 없다 여겼다. 다른 색들은 저마다 나름의 개성이 있었지만 내 눈에는 너무 강렬한 색이라 되려 촌스러워 보였다.

하루는 예쁜 백합 사진을 찾으려 SNS에 '백합'을 검색했다. 백합꽃다발부터 그림까지 다양한 사진이 있었는데, 연분홍색 백합이 내 눈길을 사로잡았다. 연분홍색의 사랑스러움에 '프러포즈엔 이 꽃이다!'라며 흰 백합 못지않은 매력을 느꼈다. 그런데, 그 아래 댓글에 이 꽃은 상사화라며 백합이 아니라고 지적하는 글이 있었다.

언뜻 보면 백합이라 여길만한 생김새였지만, 알고 보니 상사화는 '변함없는 사랑'이라는 꽃말을 지닌 백합과는 사뭇 다른 뜻을 가진 꽃이었다. 꽃이 필 때는 잎이 없고 잎이 자라면 꽃은 이미 져 버려 서로를 볼 수 없다 해서 이름 지어진 상사화는 '이루어질 수 없는 사랑'

이라는 꽃말을 가지고 있었다. 그전에 느꼈던 사랑스러움과 대비되는 서글픈 꽃말에, 그 곱상한 외모가 아깝게 느껴졌다. 그래서 슬픈 꽃이라고 여겨지는 상사화에 색다른 의미를 찾아 주고자 했다.

서로 상(相), 생각 사(思)라는 뜻을 가진 상사화. 이루어질 수 없는 비극적 결말에 비해 서로만을 생각하는 애틋한 이름을 지닌 것 같다. 상사화의 다른 꽃말은 '기대'라고 한다. 서로가 볼 수 없음을 알지 못하고 그대만을 생각하며 기다리기에 '기대'한다는 의미를 품고 있나 보다. 그렇다면, 이러한 상사화의 꽃과 잎은 오로지 서로만을 보고 싶어 하기에, 자신이 마주한 다른 꽃들은 안중에도 없을 것이다. 그들에겐 꽃잎은 지고 여린 잎이 이제 막 피어나는 시기. 그 시기에 지는 꽃잎이 떨어지며 겨우 고개를 내민 잎에 닿는 찰나의 마주침이 그 무엇보다도 소중하지 않을까? 다른 이와의 기나긴 만남보다 서로가 잠시나마 보기를 간절히 원하는 뜨거운 사랑을 말하는 것은 아닐까?

이러한 상사화는 더는 나에게 비애의 꽃처럼 느껴지지 않았다. 상사화는 애정의 꽃이 되었다. 우리의 앞날은 모르나, 다른 이와 있는 시간보다도 사랑하는 서로가 함께하는 시간의 행복을 만끽하는 진정한 사랑. 만약 이루어질 수 없다 하더라도, 평생을 너에 대한 생각에 헤어나오지 못할 정도의 사랑. 마치 흰 백합을 연분홍빛으로

물들인 것 같은 상사화는 자신의 모습처럼 깊은 사랑의
꽃이 아닌가.

## #10. 봄, 여름, 가을, 겨울, 다시 봄,

울긋불긋한 가을은 늘 다가온 이별에 서글퍼하는 이들의 마음을 대변하는 듯하다. 푸르름이 넘쳤던 나무가 하나둘 나뭇잎들을 보내고 앙상해져서인지, 학기의 끝이 있는 겨울과 가까워져서인지 가을의 높고 파란 하늘은 어딘가 공허하다. "나는 종점을 시점으로 바꾼다." 윤동주 시인의 글 것처럼 헤어짐은 동시에 새로운 출발을 의미한다. 그러나, 새로움이 주는 낯섦은 두려움을 동반한다. 어쩌면, 이는 새로움이 영원한 끝을 의미하진 않을까 하는 불안감 때문일지도 모르겠다. 우리의 인생이 아무리 만남과 헤어짐의 연속이라 하지만, 이별은 언제나 고달프다.

그런 나를 위해 그리고 나와 같은 이들에게 헤어짐은 '쉼표'라고 말해 주고 싶다. '우리'라는 이야기 속에 잠시 쉼표를 찍는 것이다. 우리라는 같은 맥락 속에 또 다른 이야기를 하기 위해, 우리의 이야기를 더 섬세하고 풍성하게 이어가기 위해, 부드러운 이야기의 흐름을 위해 필요한 쉬는 구간. 그러니까 쉼표를 찍으면, 우리는 어떻게 뒷이야기를 이어나갈지 각자의 생각을 다져 오면 되는 것이다. 그런 뒤 만난 문장이 써내려져 가면 더 빛나는 문장이 될 테니.

계절에도 끝이 없듯, 우리의 헤어짐은 마침표가 아니
라 쉼표.

「화담(花談)」은 '꽃의 이야기'라는 뜻과 제 이름 유담 (柔談)의 담과 꽃을 합쳐 '꽃과 함께한 유담의 일기'라는 이중적인 의미를 지니고 있습니다.

스물한 살의 제 곁에 머물렀던 많은 인연 사이에서 행 복, 기쁨, 사랑, 분노, 슬픔, 아쉬움 등 정말 다양한 감 정을 겪었습니다. 즐거울 땐 그 기분을 남기고 싶었고, 화날 땐 그 분노를 표출하고 싶었으며, 슬플 땐 위로받 고 싶었습니다. 이 모든 것을 담아 꽃으로 표현했고 어 느새 이 글은 일기장이 되었습니다. 온전히 제 마음속에 있던 이야기이고, 나에게 하고 싶던 말들이라 쓰고 나면 늘 힐링이 되던 글입니다. 이 글을 읽으신 여러분에게도 사소한 위로든, 행복이든, 깨달음이든 마음 한편에 얻어 가는 것이 있으면 좋겠네요.

이 글을 마친 오늘은 12월, 추운 겨울입니다. 스물한 살의 저와 이제 작별할 때가 다가왔네요. 여러분도 이번 한해의 자신을 떠나보내고, 또다시 새롭게 피어날 준비 를 하세요. 지금까지 스물한 살의 저와 함께해주셔서 감 사합니다.

코 스 모 스

색 칠 공 부

사랑을 담아, 정원이가.

가을이다. 난 눈을 감고 긴 숨을 들이쉰다. 찬 공기에 몸을 움츠린 사람이며, 밤비에 젖은 몸을 털며 두리번거리는 다람쥐, 붉게 익은 홍시가 느껴지는 듯하다. 난 가을이 뿜어내는 기운에 도취하여 승리의 미소를 짓는다. 나의 계절이 돌아왔다. 여기서 조금만 더 촉각을 곤두세우면 가장 여린 움직임을 느낄 수 있다. 그 움직임은 긴 긴밤을 보낸 후 흙을 뚫고 수줍게 얼굴을 내미는 코스모스 무더기의 것이다. 해를 피하지만 추운 건 싫어하는 그들은 가을이 오기 전부터 부서질 것 같이 가느다란 모양새로 순수한 사랑을 피워 낸다.

작년 10월, 일본 유학 중에 처음으로 놀러 간 우에노 나카미치 공원에서는 코스모스가 한창이었다. 나는 친구와 나란히 자전거를 타고 코스모스 길을 달렸는데, 이따금 살랑살랑 부는 바람은 코스모스 색을 한 줌 실어와 내 마음에 칠했다. 베이비 핑크, 핫핑크, 연보라, 하양. 이렇게 솔직하고 발랄한 색들이 나에게 닿으니 간지러워서 절로 웃음이 나왔다. 코스모스를 보곤 분발해야겠다고 느꼈다. 예술 작품 옆에서 색칠 공부 하는 격이라 참 쑥스럽지마는, 나도 내가 낼 수 있는 가장 순수한 색깔을 모아 가을을 향한 사랑의 세레나데를 부를 것이다.

# 차례

## 1. 가을 소리

창공을 물들이는 쨍한 파란 소리
멋쩍은 코 훌쩍임 나의 세 걸음 뒤
낙엽들이 바스락 당신의 무게 소리
날 휘감는 심장의 쿵 쿵쿵
가을 소리

## 2. 날것의 단어

*지난주에 개봉한 영화 00은 일주일 만에 이벅…… 이백만 관객을 돌파했습니다. 올해의 다섯 번째 천만 영화가 나올지 기… 기대됩니다…… 빨리 얼른 광고 듣고 오겠습니다.*

마을버스 안에서 흘러나오는 라디오 속 아나운서가 말을 더듬거렸다. 별생각 없이 듣고 있던 난 침묵이 이어지자 조금 긴장했다. 저 정도면 경위서 쓰겠다고 생각하던 중 갑자기 튀어나온 '빨리 얼른'이란 말에 피식 웃었다. 갈무리되지 않은 마음의 단어를 저도 모르게 꺼내버린 것 같았다.

요즘 나는 라디오 방송에서 대형 사고를 친 아나운서만큼의 어휘력을 구사하면서 살고 있다. 1년 동안 일본에서 일본어와 영어, 한국어 사이를 왔다 갔다 하다 보니 어떤 언어로도 제대로 말 못 하는 지경에 이르렀다. 오랜만에 귀국했을 당시 짐 풀기도 전에 썰을 풀어냈는데, 친구들은 내가 이런저런 단어를 뭉쳐서 뱉어내자 고개를 갸웃거리며 내 말을 곱씹었다. 이런 식으로 몇 달을 살았다. 그래도 가까운 사람들은 내가 하고 싶은 말이 무엇일지 고민이라도 해 주는데, 웬만한 사람들은 뭐지 하는 얼굴로 나를 쳐다보고는 제 갈 길을 간다. 그럴 때마다 난 풀이 죽어 말도 안 되는 말을 또 중얼거린다.

고맙게도 내가 아무리 개떡같이 말해도 찰떡같이 알아 듣는 외국인 친구가 한 명이 있다. 가끔 그 친구와 영상 통화를 할 때는 3개 국어를 섞어 가며 내 근황을 알리는데, 말 하다가 잠시 할 말을 생각하고 있으면 내가 다음에 할 말을 기가 막히게 찾아 준다. 모국어로도 소통이 안 되었던 나는 나만의 독심술사를 얻은 듯했다. 어느 날에는 친구와 통화를 하던 중 마음속에서 어떤 감정이 솟구치는 것을 느꼈다. 나는 생각을 거치지 않고 그냥 내 마음을 내뱉었다.

"아이 타이… 아 정말, 유 슈드 노우… 코코로카라."
(보고 싶어… 아 정말, 알아야 해… 진심이야.)

그 친구는 자기도 같은 마음이라고 했다. 이번에도 날 정확히 읽은 것 같아 안심했다.

## 3. 나가사키 차이나타운

비 내리는 가을밤, 나가사키의 마지막 노면전차가 지나간 자리에 길 잃은 여행자가 서 있다. 그의 밑창이 뜯긴 스니커즈는 걸을 때마다 푹푹 소리가 났고, 물 먹은 발은 팅팅 부어 있다. 고요한 어둠 속에서 차이나타운의 입구가 붉게 빛난다. 허리춤까지 내려오는 배낭을 이고 우비를 뒤집어쓴 여행자는 물기에 축 늘어진 불빛에 홀려 발걸음을 옮긴다.

붉은 세상 속에서는 유리창 속의 짬뽕 모형과 각국의 언어로 써진 메뉴판, 어느 빛나는 가게 안에서 들려오는 술잔 부딪치는 소리, 으하하하 웃는 소리가 버무려져 있다. 여행자는 코끝을 스치는 냄새에 걸음을 멈춘다. 문이 닫힌 가게 앞 작은 수레에서 더 작은 여인이 고기만쥬를 팔고 있다. 하이힐에 망사 스타킹을 한 그녀는 담배를 피우며 여행자를 바라본다.

"1개에 300엔, 3개에 500엔."

그녀는 짧게 말한 후 다시 담배를 문다. 여행자는 주머니에서 주섬주섬 지갑을 꺼내 하나만 달라고 한다. 여자는 종이 봉지에 3개를 담는다. 어차피 당신이 마지막

손님일 것 같으니 다 주겠다고 말한다. 종이 봉지를 받아든 여행자는 머리를 긁적이다 가방에 매달려 있던 편의점 비닐우산을 뽑아 내민다. 어차피 난 우비가 있으니까요. 그가 말한다. 여자는 여행자를 잠시 보더니, 담배를 땅에 떨군다.

담배꽁초가 고인 물에 떨어지는 찰나, 그녀는 그에게 다가가 입을 맞춘다. 그는 입 안 가득 들어오는 니코틴 향에 정신이 아득하다. 약국 위의 범종이 빗소리와 겹쳐지며 댕댕 울리는 것 같다. 입술을 뗀 그녀는 그의 손에 있는 우산을 가져가며 속삭인다. *어차피 우린 다 외로우니까요.* 오늘의 장사를 끝낸 여자는 우산을 펼치고 빨간 불빛 사이를 또각또각 걸어간다. 여행자는 비에 젖은 종이 봉지를 들고 멍하니 서 있다.

## 4. Chai tea 아니고 그냥 Chai

"차이 티? 차라리 일본카레 보고 인도의 전통음식이라 하지."

인도 친구는 프랜차이즈 카페에서 차이 티(Chai tea) 메뉴를 보고 눈을 굴렸다. 차이는 힌디어로 차라는 뜻인데 굳이 뒤에 영어를 붙여 '차 차'라고 부르는 것이 우습다는 표정이었다. 그날 밤, 그녀는 제대로 된 마살라 차이를 만들어 보이겠다며 나를 포함한 친구들을 자기 방으로 초대했다. 친구가 우유와 찻잎, 계피, 인도에서 직접 들고 온 갖가지 향신료를 섞어서 차를 끓이고 있을 때 초대받은 자들은 각자 자기 나라의 과자 한 봉지씩을 들고 왔다. 차 맛은 우유를 과하게 넣었는지 밍밍했다. 그래도 친구들과 담소를 나누며 우리의 보잘것없는 차와 간식에 대한 칭찬을 주고받다 보니 chai tea와 chai의 차이가 무엇인지 알 것도 같았다.

다른 날에는 팬케이크 논쟁이 붙었다. 스웨덴 친구가 미국의 통통한 팬케이크는 진정한 팬케이크가 아니라고 한 것이 발단이었다. 그녀는 진짜 팬케이크를 만들겠다며 차 모임 구성원들을 저녁에 초대했다. 프라이팬에 버터를 잔뜩 바른 친구는 반죽을 묽게 해서 얇게 펴 구웠다. 금세 크레이프처럼 얇은 팬케이크가 접시에 한가득 쌓였다. 친구는 딸기잼과 설탕을 꺼내서 팬케이크에 올려 말아 먹으라고 했다. 팬케이크는 달콤하다 못해 입안을 얼얼하게 했다. 알고 보니 과거의 유럽 가톨릭 국가에서는 금요일 단식 전날에 생크림과 베리 잼을 얹어 열량 높은 팬케이크를 먹었다고 한다.

세계화는 차이를 차이 티로 부르게 한다. 만약 tea를 떼는 것처럼, 외국의 바깥 외(外)자를 떼고 국가 자체를 볼 용기를 낸다면 더 달거나 밍밍한 세계를 경험할 수 있다. 그렇지만 나는 한국의 음식이 다 맵다는 고정관념을 깨지 못했다. 하필 가져간 음식이 불닭볶음면이었기 때문이었다.

## 5. 노랑

일본에서의 첫 일탈은 새로 사귄 친구가 자기 방 서랍에 숨겨둔 보드카 병을 꺼내는 것으로 시작되었다. 나와 옆에 있던 다른 친구는 눈을 동그랗게 뜨며 서로를 말똥말똥 쳐다보다가, 방의 주인이 한 잔씩 따라 주자 뭔지 모를 스릴감에 실실 웃었다.

샷으로 마시던 우리는 알딸딸한 기운으로 정체불명의 멜로디를 흥얼거렸다. 한 명이 일어나서 춤을 추면 모두가 따라서 몸을 흔들었다. 그러다 한 친구가 쓰러져 잠이 들었고, 나도 지쳐서 친구 위에 몸을 뉘었다. 갑자기 찾아온 정적에 눈을 가늘게 떠 봤더니, 아까 신나게 보드카를 따르던 친구가 베란다에 기대어 구름에 반쯤 가리어진 달을 바라보고 있었다. 난 비틀거리며 친구에게 갔다. 우린 잠시 말없이 서 있었다.

친구는 내게 물었다. 왜 노랑을 좋아하냐고. 난 곰곰이 생각하다가 말했다. 우리 엄마가 좋아해서. 친구는 고개를 끄덕였다. 난 친구에게 물었다. 그럼 넌 왜 갈색을 좋아하냐고. 친구는 말했다. 아무도 신경 쓰지 않는 색이어서. 그래서 난 까마귀도 좋아. 친구는 덧붙였다. 나 역시 고개를 끄덕였다.

구름이 걷히자 친구의 방으로 달빛이 들어왔다. 친구의 몸은 온통 노랑뿐이었다. 친구에게 나는 갈색일까. 생각이 꼬리에 꼬리를 물었다. 꿈나라에 빠지기 전 내일은 노란색 원피스를 입어야겠다고 언뜻 다짐했던 것 같기도 하다.

## 6. 해피 핼러윈

핼러윈은 기괴함이 귀여움으로 통용되는 유일한 날이다. 그날만큼은 남들의 시선으로부터 꼭꼭 숨겨둔 엉뚱한 마음들을 내보이며 장난을 치고 싶다. 작년, 일본 기숙사에서 핼러윈 파티 공지가 떴었다. 베스트 코스튬을 뽑아 시상하겠다는 안내도 적혀있었다. 사생들은 공지를 본 날부터 조용히 방에 들어가 만반의 준비를 했다.

드디어 결전의 날이 왔다. 나는 친구와 반쪽짜리 해골 커플 분장을 했다. 다른 친구는 스리랑카의 아기 잃은 엄마 귀신으로 변했다. 도끼에 찍혀 얼굴이 일곱 조각난 친구, 마녀 배달부 키키나 해리포터 등 캐릭터를 코스프레한 친구도 있었다. 기숙사 앞에서 늦게까지 연습하던 일본 궁도부 친구들은 궁도 복을 입고 와서는 과거의 사무라이 복장이라고 뻔뻔하게 주장을 했다. 하지만 핼러윈의 주인공은 따로 있었다. 바로 늘 방에서 처박혀 얼굴 비치는 일 없었던 내 왼쪽 방 룸메이트였다. 미니언즈 코스튬 안에 바람을 가득 넣어 통통 튀어 다니던 그녀는 본인의 이름이 호명되자 풍선 속에서 한 번도 들려준 적 없던 큰 함성을 질렀다.

파티가 끝나자 나와 유학생 친구들은 아쉬운 마음에

편의점에서 맥주 한 캔씩만 사 오기로 했다. 그렇게 일본 저녁의 거리로 외국인 유령들이 밀려 나왔다. 퇴근하던 직장인과 자전거 위의 중고등 학생들은 우리를 보고 눈을 휘둥그렇게 떴다. 한 용기 있는 남학생이 스쳐 지나가던 우리에게 "해피 핼러윈"이라고 외쳤다. 우리는 웃음이 터졌다. 원래 이국적인 외모 덕분에 따라붙는 일본인의 시선들이 익숙한 친구들이었지만, 길에서 인사를 받기는 처음이었다. 이 또한 핼러윈의 마법 같았다. 나는 마법이 끝나기 전까지 우스꽝스러운 표정을 마음껏 지어 보였다.

## 7. 솜털로 이루어진 선인장

즉흥적인 인생이 삶의 좌우명인 나와 내 친구 둘이서 쇼핑몰에 간 적이 있다. 원래는 점심을 먹으러 간 건데, 역시나 몇 시간 동안 돌아다니며 계획에 없던 드라이 망고, 코코아, 일회용 필름카메라 등등을 샀다. 한참을 걷다 1층 출구에 닿아서 드디어 가나 싶었더니만 친구는 그새 옆에 있는 꽃집으로 샜다.

잠시만 보겠다던 친구는 20분가량 여러 종류의 미니 선인장을 뚫어져라 쳐다보았다. 나에게 어떤 게 가장 예쁜지 세 번 정도 물었는데, 나는 그때마다 다른 대답을 했고, 그녀는 긴 고민 끝에 솜털 같은 가시들이 촘촘히 자리한 사자금 선인장을 골랐다. 계산대 앞에서도 멈칫하자 나는 무시무시한 눈빛을 보냈다. 내 얼굴을 본 친구는 그제야 현금을 꺼냈다.

기숙사로 가던 중에 우리는 또 즉흥적으로 내 방에서 영화를 보기로 했고, 친구는 코코아를 만들어 올라가겠다며 자기 방에 들렀다. 잠시 뒤 울리는 초인종 소리에 문을 열었더니 친구는 아까 산 선인장과 파란 종이에 쓴 편지를 들고 수줍게 서 있었다. 자기는 친한 사람들에게 선인장 선물하는 게 소소한 기쁨이란다. 난 뭉클했다. 내가 친구를 답답해하던 시간에 그녀는 나에게 전할 마음을 고심하고 있었다는 사실에 미안하면서도, 내가 어느 순간부터 그녀의 선인장 테두리 안의 친구가 되었다고 생각하니 감동이었다.

그 뒤로 나는 아침에 일어나면 제일 먼저 선인장의 솜털 가시를 쓰다듬으며 예쁜 말을 해 주었다. 친구가 좋아하던 교수님의 성함을 따서 나가오카 센세의 베이비라는 장난스러운 이름도 지어 주었다. 시간이 흘러 한국에 돌아갈 때가 되었고, 난 내 선인장을 일본인 친구에게 부탁했다. 마지막으로 솜털 가시를 만지자 감정이 실렸는지 손가락에 힘을 줘버렸다. 아야. 갑자기 눈물이 차올랐다. 나는 화분을 붙잡고 어린애처럼 엉엉 울었다.

최근에 일본인 친구가 선인장의 근황 사진을 찍어서 보내줬다. 솜털 가시가 더 빽빽해졌다고 답장하니 친구는 얘도 감기 안 걸리려고 하는 것 같다는 귀여운 말을 했다.

## 8. 엽서

문득 어떻게 지내는지 궁금한 사람이 있으면 주말에 시간을 비운다. 그리고 밖에 나가서 가을 색으로 잘 물든 단풍잎이나 은행잎을 모아서 가장 두꺼운 책 사이에 끼어 두었다가 코팅한다. 주말 아침이 되면 방 창문을 열고 책상 앞에 앉아 그 사람에 대해 오래 생각한다. 그 사람에 대한 마음이 마구 솟아나면 내 머릿속 언어로 정제한다. 그리고는 내가 모아둔 엽서 중 하나를 신중히 고른다. 호흡을 가다듬고 연필을 든다. 안녕? 간단한 인사말과 생각해 둔 말을 꾹꾹 눌러 쓴다. 마무리로 코팅한 잎을 꺼내 붙인다. 끝맺음은 언제나 같다.

사랑을 담아, 정원이가.

## 9. 침대에서 떨어지면 침대

나는 꿈에서 꿈을 꾼다. 밤의 심연을 끊임없이 걷다 보면 꿈이 이어지는 구간이 있다. 마치 침대에서 다른 침대로 떨어지는 것처럼, 어느 부근에서 꿈의 맥락이 끊기고 장면 전환이 일어난다. 나는 이야기가 끝나서 정신이 드는 동안 내가 놓친 것을 생각한다. 입으로 들어갈 뻔했던 마카롱의 맛과 다이빙할 뻔한 저택의 수영장, 영영 듣지 못할 누군가의 다음 대사.

잠시 생각하는 사이 또 다른 꿈이 시작된다.

## 10. La vie en rose

꿈이 뭐냐고 물으면 나는 진로에 관한 질문인 것을 뻔히 알면서도 능청스럽게 좋은 사람이 되는 것이라고 답한다. 예상외로 단순한 대답에 사람들은 성직자라도 될 생각이냐며 유도 질문을 하지만 나는 그냥 웃고 만다. 언젠가 친구들끼리 놀다가 같은 얘기를 나누었다. 집에 가는 길에 한 친구가 뜬금없이 나를 부르더니 진지한 얼굴로 말했다.

"정원, 넌 좋은 사람이야."

순간 울컥했다. 이제껏 오가다 몇 번쯤 들었을 말이었는데, 친구의 말은 처음으로 내 마음속 어느 무너진 자리에 닿았다. 아니라며 고개를 저으려 했지만, 친구의 단호한 표정에 목 근육이 얼어붙어 긍정도 부정도 하지 못했다. 한참 뒤에야 목이 멘 채로 고맙다고 간신히 말했다.

나는 소중한 이들의 말을 모아 커다란 숨구멍을 만든다. 그들의 따뜻한 말 하나에 기대어 숨을 쉬면 살아 있기를 잘했다는 생각이 든다. 그들의 말은 나를 다시 사랑하게 한다. 나는 다른 이들도 자신들의 숨구멍을 넓혀

줄 사람이 있기를 진심으로 바란다. 사람이 사람의 구원이 될 수는 없지만 사랑은 될 수 있다고 믿는다. 사랑의 언어를 주고받다 보면 서로가 있다는 사실에 안도하고, 하루하루 기쁨에 겨워 절로 한쪽 눈을 찡긋하게 된다. 콧노래를 부르며 느린 왈츠를 추다가 잘 자라는 인사를 건네고 아주 서서히 집에 들어가게 된다. 부디 모두의 인생이 장밋빛으로 빛났으면 좋겠다는 바람이다.

유학 초기에 전송 전 문자를 몇 번이고 검토하는 습관
을 들였습니다. 제 부족한 일본어가 의도치 않는 의미로
변해 누군가의 심중을 상하게 하는 것을 피하기 위해서
였습니다. 그러다 보니 단어 하나, 부호 하나의 힘을 퍽
실감하게 되었습니다.

글은 아주 깊은 뿌리를 지니고 있어 어디에나 깊숙이
꽂힙니다. 그게 종이든, 휴대전화 액정이든, 마음이든지
요. 저는 이 사실을 잊지 않으려 부단히 노력하고 있습
니다. 〈코스모스 색칠 공부〉를 쓸 때도 쓸 말을 고르
고 또 골랐습니다. 제가 문자를 하며 골똘히 생각했던
것처럼, 친구가 한참을 서서 저에게 줄 선인장을 고민했
던 것처럼 말이죠.

세상에 첫발을 내민 저의 글, 저의 색을 읽어 주셔서
고맙습니다. 마지막 말을 읽는 당신의 마음이 온통 코스
모스 색이었으면 좋겠습니다.

Liberté

흐릿해지는 시야와 뿌연 연기 속에서도 정수는 선명히 보았다. 파란 하늘과도 같은 바다에, 성호가 버드나무처럼 서 있는 모습을.

민성호는 동기 사이에서 유명 인사였다. 소문에 큰 관심 없는 제 귀에까지 가지각색의 말이 흘러 들어올 정도였으니까. 민성호 조폭 아들이래. 대구에서는 걔 이름만 들려도 다들 벌벌 떤다잖아. 야, 아니야. 걔 민주 운동한대. 그래? 근데 우리 아버지가 그런 애들은 다 빨갱이라던데. 진짜? 그럼 간첩인가? 그건 모르지 나도. 어유, 아무튼 무서운 세상이야.

우리나라 최고의 대학. 그곳에 들어섰다는 이유로 정수는 집안의 자랑거리가 되었다. 그런 애랑 괜히 엮이기에는 제 어깨를 누르는 기대감이 컸다. 그래서 정수는 그 애의 소문으로 시끄러운 귀를 막았다. 어차피 자신과는 평생 상관없을 사람이었다.

그렇게만 생각했는데. 정수는 어느 타이밍에 돌아서야 가장 자연스러울지 고민하고 있었다. 평소엔 사람이 넘쳐나던 과방에 달랑 그 애 혼자 앉아 있을 줄은 몰랐지. 그냥 도서관이나 갈까. 그렇게 생각하며 민성호를 훔쳐보다 눈이 딱 마주쳐 버리고 말았다. 정수는 울며 겨자 먹기로 과방 안으로 들어섰다. 쭉 찢어진 눈이 조금 무섭기는 했지만, 소문보다는 어쩐지 순박하게 생겼다는 생각이 들었다. 그냥 평범해 보이는데 왜 그런 소문을

달고 사는 거지. 정수가 고개를 살짝 갸우뚱거리다 이내
시선을 거두었다. 아니, 정확히는 거두려고 했다.

"안녕."
"어?"
"김정수 맞지? 처음 보는 것 같다."
"너 내 이름 어떻게 알아?"
"뭐, 어쩌다가."

우리 과 최고의 유명인사에게 인사를 받다니. 정수는
놀라 잠시 말을 잃었다. 어떻게 내 이름을 아느냐 다시
물어보려던 순간 과방 문이 거칠게 열리며 입구 쪽에
머물러 있던 정수의 뒤통수를 때렸다.

"아악!"
"어, 야 미안. 민성호, 지금 경찰 떴어. 빨리 챙겨. 얼
른!"

급하게 과방으로 들어온 이는 다급한 목소리로 민성호
를 채근했다. 그 소리에 민성호는 벌떡 일어나 과방을
뒤졌다. 책꽂이에서 책 몇 권과 서류를 뽑아 마구잡이로
뭉쳐 가방에 쑤셔 넣고는 부리나케 달려 나갔다.

"어, 이거 떨어뜨렸는…데 갔네."

정수는 팔랑거리는 종이 뭉치를 들어 올렸다. *대통령 직선제. 데모. 집회.* 정수는 큼지막하게 적힌 글자에 화들짝 놀라 퍼덕였다. 벌컥 열리는 문에 다시금 뒤통수를 맞은 정수는 순간적으로 그 종이 뭉치를 제 가방에 집어넣었다.

"아오 씨, 또 다 치웠네. 야, 거기 너! 그 새끼 혹시 이상한 거 안 들고 있든?"

경찰복을 입은 덩치 큰 사내가 날카롭게 쏘아대듯 물었다. 정수가 뻣뻣하게 고개를 저었다. 그를 의심스럽게 쳐다보던 사내는 욕을 내뱉으며 발로 땅을 거칠게 차더니 이내 다른 곳으로 뛰어갔다. 정수가 벌써 부어오른 뒤통수를 부여잡고 자신에게 질문했다. 왜 거짓말을 했지? *대통령 직선제. 데모. 집회.* 머리가 어지러웠다.

/

길게 늘어진 버드나무의 이파리가 바람에 따라 버둥거

렸다. 정수는 괜히 이파리 하나를 뽑아 만지작대다 이내 바닥에 던져버렸다. 과방에 경찰이 들이닥친 후로 민성호는 전공 수업에조차 코빼기도 보이지 않았다. 덕분에 서류 뭉치는 며칠째 제 가방 속에서 굴러다니는 중이었다. 정수는 아무래도 영 찝찝한 기분을 숨길 수가 없었다. 그냥 확 버릴까. 아니지, 혹시나 누가 보면 어떡해. 그렇다고 내가 계속 들고 다닐 수도 없고. 흔들리는 버드나무처럼 정수의 머릿속도 난장판이었다. 제가 입학하기 이 년 전이었나, 갑자기 학교에서 심어됐다던 버드나무는 과방 앞에 자리 잡아 늘 시원한 그늘을 내주곤 하였다. 이런저런 고민이 있을 때, 버드나무는 항상 제 머릿속을 식혀주곤 했는데, 이번에는 아무 소용이 없었다. 아, 머리 아파.

"야, 김정수!"
"민성호? 야, 너! 왜 거기서 나와?"
"응? 뭐가."
"수업도 안 나오더니. 도대체 어디 있었어?"

제가 찾으러 다닐 때는 코빼기도 보이지 않더니, 민성호는 생뚱맞게 버드나무 이파리 사이로 튀어나왔다. 정수의 물음에 민성호는 아무것도 모른다는 얼굴로 어깨를 들썩거렸다. 순간, 정수는 꽃가루가 자신의 코를 간질거리는 것 같다는 생각이 들었다. 이상했다. 자신의 주변에는 꽃망울도 보이지 않았는데. 그러다 정신을 차린 정수는 고개를 흔들며 가방을 뒤적였다.

"말하기 싫으면 말고, 이거나 받아."
"이게 뭔데?"
"저번에 네가 과방에서 떨어뜨리고 간 거."

정수는 제 가방에서 험하게 굴러 잔뜩 구겨진 종이 뭉치를 성호에게 건넸다. 그 종이 뭉치를 받아들자마자 성호의 낯빛이 어두워졌다.

"혹시나 해서 덧붙이는 건데, 다른 사람한테 말한 적은 없어."
"그래?"
"그냥 그렇다고. 난 사실 그런 거 관심 없어."
"너 집에 언제 가?"
"나? 지금 가야지."
"아, 아무튼 고마워."
"됐어. 그런 거 가지고 있기도 꺼림칙해서 돌려준 거니까."

곧 해가 떨어질 시간이었다. 정수는 짧은 인사말로 민성호를 등졌다. 종이도 전해 줬고 원래는 인사조차 하지 않던 사이였으니, 앞으로는 마주칠 일도 없겠지. 정수는 그것으로 남아있던 뒤숭숭한 감정까지도 모두 털어내었다.

벌써 해가 떨어지기 시작했다. 걱정하시겠네. 정수는 발걸음을 재촉했다. 장성한 성인도 부모 눈에는 갓난아기라더니, 제 부모님이 딱 그러하셨다. 요즘 들어 소문이 흉흉하다며 정수가 조금이라도 늦게 들어오는 날에는 늘 안절부절못하셨다. 참나, 다 큰 대학생에게 무슨 일이 일어난다고. 집도 엄청 가까운데. 정수는 괜히 툴툴대며 마을 골목길에 들어섰다. 그 순간 들리는 자신을 부르는 목소리에 정수는 바로 뒤를 돌았다. 민성호였다.

"야, 김정수! 너 무슨 발걸음이 그렇게 빠르냐?"
"민성호? 너 나 따라왔어?"
"그거, 꺼림칙한 일 아니야."
"뭐라고?"
"그게 무슨 뜻인지는 너도 잘 알잖아."
"…그래서? 위험한 일인 건 맞잖아."

"아니, 당연한 일이지."

민성호의 단호한 목소리에 정수는 말문이 막혔다. 제가 봤던 모든 뉴스에서는 그렇게 시위하는 학생들은 모두 이상한 사상을 가지고 있는 사람들이라고 했다. 북한에서 지시한 빨갱이 세력이라고도. 가끔 우리 마을에 쳐들어온 경찰이 잡아간 사람들도 모두 집으로 돌아오지 않았다. 아버지는 다 잘못이 있으니 그런 거라고 말씀하셨다.

"아니, 그래 봤자 아무것도 바뀌지 않아. 너 하나? 대학생들이 백날 얘기해 봤자 뭐가 달라지는데?"
"너 과방 앞에 있는 버드나무 알지. 거기에 꽃 피는 거 본 적 있어?"
"갑자기 무슨 소리를 하는 거야?"
"곧 있으면 강아지풀처럼 생긴 진짜 볼품없는 꽃이 피거든."
"그래서?"
"버드나무의 꽃은 그 누구에게도 관심을 받지 않아. 사람들은 버드나무가 꽃이 있는지조차 모르지. 근데도 꿋꿋하게 꽃을 피워서 열매를 맺어. 그게 아무 의미도 없다고 생각해?"

62

이상한 사람이었고, 위험한 생각이었다. 정수가 할 말을 찾지 못하고 괜히 발만 구르자, 민성호가 소리를 낮춰 먼저 말을 꺼냈다.

"앞으로 조심해. 혹시 몰라서."
"그건 또 무슨 소리야?"
"앞으로 집에 갈 때 같이 가자. 나랑 같은 동네에 사네."

민성호는 제가 미처 대답하기도 전에 뒤돌아서 가 버렸다. 나 태어난 후로 쭉 여기 살았는데. 우리 동네 사람들 내가 다 아는데. 민성호는 여기에 안 사는데. 정수는 민성호의 뒤통수를 물끄러미 쳐다보다 이내 생각을 지웠다. 학교도 제대로 안 나오는 사람인데, 마주칠 일은커녕 같이 집에 가는 일도 없을 터였다. 정수는 더욱 걸음을 재촉했다. 그때 문득, 꽃향기가 났던 것도 같았다.

/

벌써 일주일째였다. 노을이 들러붙은 정수의 그림자에

성호의 발자국도 같이 엉겨 붙었다. 정수가 불쑥 발걸음을 멈췄다. 열댓 걸음쯤 뒤의 다리도 멈췄다. 정수가 몸을 돌려 뒤를 돌아보았다.

"왜 자꾸 따라와?"
"너 따라가는 거 아닌데."
"너희 집 여기 아닌 거 다 알거든."
"나 집 간다고는 안 했는데."

정수가 눈을 쭉 찢어 나름 매섭게 물어보아도, 성호는 어깨를 으쓱이며 얄밉게 말할 뿐이었다. 정수는 다시 몸을 돌려 발을 쿵쿵 굴렀다. 성호의 작은 웃음소리가 귀를 간지럽혔다. 정수는 괜히 간질거리는 가슴께 부근을 벅벅 긁었다. 칠이 죄다 벗겨져 무슨 색이었는지도 기억이 안 나는 철수네 집 대문을 지났다. 동네에 하나밖에 없는 구멍가게를 지났다. 파란색 대문의 정아네 집을 지났다. 그때까지도 제 뒤의 발걸음은 떨어지지 않았다. 얼마 전 페인트칠을 했던 초록색 대문 앞에 섰다.

"넌 할 일도 그렇게 없냐? 나를 쫓아다니게."
"지금 할 일 하는 중인데."

민성호의 뻔뻔함에 정수는 할 말을 잃었다. 이렇게 자신을 귀찮게 구는 것도 잠시일 것이다. 물론 자신을 귀찮게 하는 성호가 싫다는 것은 아니었다. 그냥 그 애의 행동이 너무 갑작스러웠고, 소문도 좋지 않았고, 또,

"근데 이거 페인트칠 누가 했냐? 여기만 너무 뭉쳤는데, 저기는 안 칠해졌고."

데모를 주도하는 애니까. 무성한 소문을 달고 사는 성호가 제 앞에서 실없는 얘기를 늘어놓는 모습이 웃겼다.

"그거 내가 했는데."
"아니, 그러니까… 너무 예술적이라고. 야, 너무 잘했다!"

결국 정수가 웃음을 터트렸다. 민성호가 머쓱한지 제 뒷머리를 헝클이다 정수의 어깨를 툭 치며 말했다. 얼른 들어가. 정수가 뒤돌아 가는 성호의 뒷모습을 멍하니 바라보았다. 어깨가 화끈거렸다. 정수는 괜히 제 어깨를 만지작대며 집에 들어섰다. 아버지가 보시는 텔레비전에서 뉴스가 방영되고 있었다. *서울에서 대학생들의 불법 시위가 벌어져 경찰과의 마찰이 있었습니다. 경찰은 이*

*를 북한을 옹호하는 공산주의 사상가들의 만행으로 보고 조사를 진행하고 있습니다.*

"쯧쯧, 하여튼 대학 가서 이상한 것만 배워서는."
"……."
"정수야, 너는 대학에서 저런 거 배우지 마라. 알겠냐?"
"……."
"대학에 드는 돈이 얼마인지는 너도 알지?"
"네, 그럼요. 염려 마세요."

아버지의 목소리가 정수의 양어깨를 짓눌렀다. 차마 떨어지지 않는 입을 열어 억지로 대답을 뱉고는 서둘러 제 방으로 들어갔다. 정수는 가슴이 꽉 막힌 듯 숨이 가빴다. 창문을 열어 제가 지나온 길거리를 내려다보았다. 그 위에 잔상처럼, 성호의 얼굴이 퍼졌다 사라졌다. 꽃향기가 사위에 가득 퍼졌다.

/

한 달이 넘는 시간 동안 성호는 매일같이 정수의 주변을 알짱거렸다. 그 말인즉슨, 성호랑 같이 하교한 지도 벌써 한 달이 넘었다는 것이었다. 이상한 일이었다. 정수는 이렇게 불쑥 다가온 낯선 이가 너무나 이상했다. 그러나 가장 이상한 점은, 옆에서 어슬렁거리는 성호가 싫지 않다는 거였다. 오히려 기다려졌다. 그의 등 뒤에 주렁주렁 매달린 소문들에 가려진 그의 본모습은 그냥 여느 대학생과 다르지 않았다. 가끔 글을 끄적이고, 노래를 흥얼거리고, 책을 읽는, 아주 평범한 사람. 무어가 튀어나올 것처럼, 정수의 속이 울렁거렸다.

"김정수!"

뒤에서 들리는 성호의 목소리에 정수는 괜히 버드나무 이파리를 떼어냈다. 성호가 제 옆에 섰다. 이것 봐, 또 이상했다. 안에서 요동치던 덩어리들이 그새 잠잠해졌다. 성호가 웃었다. 그 미소에 갑자기 온몸의 솜털이 쭈뼛 솟는 기분이었다. 은근하게 불어오는 바람결이 스치는 모든 자리가 간질거렸다. 아, 무언가 이상했다. 정수는 문득 울고 싶어졌다.

"집 같이 가자."

정수는 말없이 걸음을 옮겼다. 거의 동시에 겹쳐지는

발걸음 소리가 마치 몸에서 나는 소리처럼 들렸다. 쿵,
쿵, 쿵……. 불안한 소리였다. 정수가 발걸음을 멈췄다.
목구멍에 걸려 발버둥 치는 단어들을 참지 못하고 내뱉
어 버렸다.

"성호야, 너 그냥 그만하면 안 돼?"
"뭘?"
"좋은 일 맞아. 대단한 것도 맞고. 근데 너무 위험하
잖아."
"갑자기 무슨 소리야, 그게."
"그냥, 이렇게 살면서 기다릴 수도 있잖아. 너 하나 참
여한다고 뭐가 달라지겠어."
"아니, 달라져. 그렇게 나 하나쯤은, 생각하면서 바뀔
거라고 기대하는 게 무슨 소용이 있어?"
"너는 주변 사람들 걱정은 안 해?"
"…어쩔 수 없잖아."
"나는, 그냥 너는 안 했으면 좋겠어."
"왜?"
"너는, 내가……."

차마 내밀 수 없는 말이 혀 밑에 눌려 죽어갔다. 걷고
있지도 않은데, 쿵쿵거리는 소리가 세차게 사위를 뒤흔

들었다. 정수는 그 소란스러운 소리가 더는 듣고 싶지 않아 도망가듯 발을 옮겼다. 주변의 배경들이 훅훅 지나갔다. 성호가 제 이름을 부르며 따라왔다. 아아, 그제야 정수는 귀가 멀 것처럼 울리는 소리가 제 심장에서 나는 소리라는 걸 깨달았다. 발을 멈췄다. 제 뒤를 쫓아오던 발걸음도 툭 떨어졌다. 벌써 초록 대문이었다.

"미안해."

성호의 목소리였다. 심장이 제 존재를 과시하듯 더욱더 세차게 움직였다. 정수가 돌아서 성호를 바라보았다. 성호가 손을 뻗어 정수를 끌어당겼다. 정수는 갑자기 제게로 쏠린 무게중심에 어찌할 바를 모르고 얼어붙은 듯 서 있었다.

"뭐가."
"그냥."

성호가 머뭇거리다 정수의 어깨를 부여잡고 눈을 맞췄다. 불안하게 흔들리는 눈동자와 달리, 그의 입술은 결연히 다물려 있었다. 정수가 입 밖으로 튀어나올 듯이 쿵쿵거리는 심장을 부여잡았다. 성호가 나지막이 말을 뱉었다. 단단한 목소리였다.

"나 내일은 학교 못 갈 것 같아."
"왜?"
"…그것도 그냥."
"진짜 이상한 놈이야, 너."
"맞아. 나 좀 유명하잖아."
"……."
"늦게 다니지 마."
"나 어린애 아니거든?"
"그러니까 늦게 다니지 말라고."
"알았어."
"먼저 갈게."

성호는 잠시 저를 바라보다 뒤를 돌았다. 다시는 뒤돌
아보지 않을 것처럼, 성호는 한 치의 망설임도 없이 해
가 떨어지는 방향으로 걸음을 옮겼다. 꼭 그 애가 저무
는 해를 다 막아 버리는 것 같았다. 그 때문일까, 빨갛
게 달아오르던 사위가 그새 어두워졌다. *잘 가.* 정수는
그 한 마디를 토해내지 못해, 결국 울음을 터트렸다. 눈
이 멀어버릴 것 같은 어둠이 순식간에 사방에 퍼졌다.

70

/

　매서운 열기를 내뿜는 태양이 모든 초록빛을 말려 버릴 듯 타올랐다. 찌는 듯한 더위였다. 한여름의 공기는 무겁고 따가워서 현기증이 일어났다. 과방에 자그마한 그늘막이나마 만들어 주던 버드나무도 무더위를 이기지 못하고 이파리를 죽여가고 있었다. 정수는 꼭 그 나무처럼 말라가고 있었다. 이제 겨우 유월 초입이었다.

　"오늘도 안 왔어?"

　정수는 이 지겨운 질문이 언제까지나 계속될까 봐 두려웠다. 아니, 계속되지 않을까 봐 두려웠다. 차라리 무소식이었으면 했다. 적어도 기대라도 할 수 있을 테니까. 정수는 조용히 고개만 끄덕였다. 그날 이후로 성호는 나타나지 않았다. 아무도 그의 행방을 몰랐다. 추측할 수 있는 단서라곤 그저 그 다음 날 울려 퍼지던 시끄럽고 난폭한 소리일 뿐이었다. 해는 점점 길어지는데, 성호에 대한 기억은 점점 짧아졌다. 제게 성호의 행방을 물어보는 말이라도 없었다면 그냥 꿈인가 싶을 정도로 희미해졌다.

혼자서 걷는 하굣길은 너무 길었다. 정수는 중간중간 멈춰 서 몇 번이나 뒤를 돌아보았다. 서서히 사라져가는 땅거미 말고는 아무것도 존재하지 않았다. 꼭 그날 같아서, 정수는 하늘이 완전히 깜깜해질 때까지 걸음을 옮길 수 없었다. 아, 또 늦었다. 정수는 그제야 하루가 갈수록 걱정이 늘어가는 어머니가 생각났다. 서두르던 정수의 발걸음이 한 사내에 의해 막혔다. 분명 본 적이 있었는데, 기억이 나지 않았다. 누구냐 묻기도 전에, 그 사내가 발로 제 배를 세게 밀쳤다. 뒤로 고꾸라진 정수가 새된 비명을 질렀다.

"더러운 빨갱이 새끼."

사내는 몸까지 부르르 떨어대며 악랄한 말을 내뱉었다. 그 말을 듣자 정수는 그 사내가 성호를 잡으러 과방에 왔던 경찰이었다는 게 기억이 났다. 황급히 도망치려 했으나, 경찰은 정수의 명치 부근으로 발을 휘둘렀다. 비명도 지를 수 없을 만큼 아팠다. 본능적으로 정수가 몸을 둥글게 말자마자 경찰의 마구잡이 발길질이 이어졌다. 손가락 하나 까딱할 수 없었다. 찝찔한 피 맛이 돌았다. 정수가 숨을 헐떡이는 사이, 경찰이 바닥에 떨어진 정수의 가방을 뒤집어엎었다. 책 사이사이를 뒤지며 살펴보더니, 그는 작게 헛웃음을 쳤다.


"너 같은 더러운 새끼들은 싹 다 잡아 족쳐야 하는
데."
"무, 무슨 소리세, 요."
"네가 민성호랑 붙어 다닌 거 모를 줄 알아? 서류도
주고받고, 너도 그 새끼들이랑 한 패잖아."
"…그, 그거는,"
"너도 곧 똑같은 꼴 당하게 될 거야, 알겠어?"


경찰이 정수를 향해 침을 칵, 뱉었다. 정수는 그가 가
고도 한참이 지나서야 벽을 부여잡고 겨우 일어섰다. 다
리에 힘이 들어가지 않았다. 비참했다. 자신은 그저 우
연히 민주화 운동을 하는 사람을 만났을 뿐이었다. 자신
은 그저 그 사람에게 서류 하나를 전해줬을 뿐이었다.
자신은 그저 그 사람과 얘기를 했을 뿐이었다. 자신은
그저 그 사람을…….


정수가 땅바닥에 널브러진 자신의 책들을 주워 담았
다. 책을 들자 그 사이에 끼여져 있던 신문 쪼가리가 팔
랑거렸다. 국가보안법 위반 행위 적발. *민성호(21) 외 7
명 긴급 체포. 서울 구치소 송치.* 소문만 무성한 그곳에

서, 성호는 어떤 일을 겪고 있을지 상상조차 되지 않았다. 공포가 뼛속을 시리게 관통했다.

정수는 후들거리는 다리를 부여잡고 겨우 집으로 향했다. 초조하게 대문 앞을 서성이던 어머니는 깜짝 놀라 오열하셨고, 아버지는 생각을 정리하시려는 듯 말없이 줄담배만 피우셨다. 정수는 그 사이에서 망부석처럼 가만히 앉아있었다. 핏기 어린 기침이 튀어나왔다. 뜨겁고 고통스러운 외침이었다. 아, 그것은 분노였다. 담배를 비벼 끈 아버지가 호통을 치기 시작하셨다. 우수수 떨어지는 날카로운 말이 귓가를 때렸다.

"너 도대체 무슨 짓을 하고 다니는 거야! 정신 안 차려? 지금이 어느 때인데 이 소란을 피워!"

"…지금이 어느 때인데요?"

"뭐?"

"어제까지 멀쩡히 학교에 나오던 친구가 갑자기 잡혀 들어가고, 아무런 영장도 없이 구치소에 갇히고, 면회 한 번 못 가는, 그런 때인가요?"

"김정수!"

"이렇게나 세상이 이상한데, 왜 저보고는 이상한 짓 하지 말라고 하세요?"

"……."

"그냥 우리가 좀 더 자유로워지고 싶다는 건데, 왜 아버지까지도 그게 이상하다며 욕을 하세요? 도대체 왜!"

정수가 결국 울음을 터트렸다. 밖에서 말할 용기조차 없어 집에 와서야 내뱉는 진심이었다. 아니, 위선이었다. 아니, 공포였다. 아니, 희망이었다. 아니, 절망이었다. 아니, 진실로 원하는 것이었다. 떳떳하게 제 목소리를 내뱉고 싶었다. 자유, 롭고 싶었다.

/

시험이 끝난 학교는 떠들썩했다. 사람들의 시끄러운 목소리 속에서 정수 혼자만이 놀랍도록 차분했다. 울분을 토해낸 그날 이후 정수는 아무것도 하지 않았다. 밥을 먹고, 학교에 가고, 수업을 듣고, 책을 읽고, 노래도 들었지만, 그것은 아무것도 하지 않은 것이었다. 텅 빈 곳에서 혼자 덩그러니 표류하고 있는 것 같았다. 열심히 발길질해도, 어느 방향으로도 나아가지 못하는 우스꽝스러운 몸짓에 불과했다.

정수는 조용히 신문을 넘겼다. 오전부터 있었던 시험

탓에 이제 막 첫 장을 살피던 차였다. 익숙한 이름이 정수의 눈길을 끌었다. 정수의 속눈썹이 파르르 떨렸다. 모든 피가 빨려 나가는 기분이었다. 모든 신체 기관의 감각이 사라지고 심장 하나만이 힘겹게 움직였다. 그때 과방 문이 부서질 듯 열리며 학회장이 뛰어 들어왔다.

"야, 너희들 신문 봤냐?"
"엥, 아니요. 무슨 일인데요?"
"민성호가, 성호가… 죽었대."

뭐? 민성호가? 걔가 갑자기 어쩌다가? 야, 걔 민주 운동하다가 잡혀갔잖아. 무슨 일인데, 확실한 거야? 왜 죽었다는데? 충격에 물든 주위가 삽시간에 소란스러워졌다. 놀란 사람들의 말에 답해 주는 학회장의 얼굴이 금방이라도 울 것 같이 일그러져있었다. 나도 잘 모르겠어. 그냥 죽었다고만 적혀 있었어. 웅웅거리는 귓가가 아팠다. 정수는 늘어지는 몸을 질질 끌어 그곳을 벗어났다.

그러나 정수의 노력이 무색하게도, 학교 밖은 더 시끄러웠다. 익숙한 이름이 적힌 팻말과, 익숙한 얼굴이 담긴 사진이 사람들의 손에 들려 흔들리고 있었다. 정수는 학교를 나오다, 힘차게 흘러가는 사람들의 행렬에 이끌렸다. 심장이 쿵쿵 뛰었다. 마치 뱃고동 소리처럼, 맹렬하게. 정수는 그제야 자신이 바다에 닿았다는 것을 깨달았다.

　귀를 찢을 것 같은 경찰의 구호와 함께 돌연 최루탄이 발포되었다. 피할 새도 없이 눈물이 터졌다. 이곳저곳에서 사람들의 기침 소리가 들렸다. 정수는 굴하지 않고 주먹 쥔 손을 힘차게 들어 올렸다. 흐릿해지는 시야와 뿌연 연기 속에서도 정수는 선명히 보았다. 파란 하늘과도 같은 바다에, 성호가 버드나무처럼 서 있는 모습을. 아아, 그렇다면 나는 이제 버드나무에 달린 여린 꽃이 되리라. 아무도 알아주지 않는, 그러나 굴하지 않고 열매를 맺는.

liberté

: 1. (신체의) 자유 2. (행동의) 자유 3. 자유로움

마음껏 글을 쓰고, 마음껏 목소리를 낼 수 있는 사회를 만들어주신 모든 분께 감사드립니다. 버드나무 같은 사회가 되기를 바랍니다.

무
궁
화

우리가 있어야 할 곳은
원망보다 희생
관망보다 중심
지금
그리고 여기

아들아 너의 나라에는
무궁화가 핀단다

아들아 너의 나라에는
가을이 가면 겨울이 오고 겨울이 가면 봄이 오고 봄이
가면 여름이 오고
여름이 가면 반드시 가을이 온단다
그래, 가을이 온다

가을이 되면 무궁화가 피어난다
자줏빛으로 물든 향기를 발하면 가슴이 진하게 저려온다

아들아 무궁화는
모든 꽃들의 으뜸이 된다
동과 서 남과 북에서
이제껏 이런 꽃은 보지 못하였다고 하는구나
피 같은 땀을 흘리게 하던 여름의 더위가
영광의 결실로 위로됨을 본다
아들아 모든 것은 지나가는구나

그래서 너의 나라에서 너를 낳았다
한데 이제 나를 원망하느냐?
너의 나라는 나의 나라이기도 하다

아들아 아직도 그 땅에는
무궁화가 피어나고 있단다
아픔은 어디에나 있었다

아들아 아들아
나의 사랑 나의 빛이여
무궁화가 되어다오

가을이 오면 피어나는
겨울에도 지지 않는


- 무궁화

　무궁화를 보면 대한민국을 얘기하지 않을 수 없다. 헬조선. 지금 이 나라에 붙여진 오명이다. 이 헬조선에서 무엇 하러 사느냐. 나에게 무엇 하나 해준 것도 없는 이 나라. 망해도 싼 이 나라. 될 수 있으면 무조건 떠나라, 더 좋은 나라로.

　흙 속의 진주, 황무지의 장미꽃 같이 피어난 이 나라의 가치가 우리의 의식 속에서 희석 되고 있는 것 같아 안타깝다. 여러 이유가 있겠지만 그 무엇도 애국심을 짓밟는 행위에 정당성을 부여할 이유가 될 수 있다고는 생각지 않는다. 나라에는 부조리한 상황과 사람들의 모습을 초월하여 우리가 지켜야 하는 가치가 있다. 나라 잃은 민족들이 얼마나 어렵게 살아갔는지 보라.

　타국에 갔다 온 뒤 한국이 정말 편하고 좋은 나라라고 말하는 사람들을 흔히 볼 수 있다. 감사할 것이 많음에도 불평과 원망만 하고 있지는 않은지 반성해 본다.

　절체절명의 순간에 나라를 지켜 낸 위인들을 떠올려 본다. 그들이 없었다면. 그들도 '나한테 아무 해준 것도 없는 이런 헬조선 뭐 하러 지켜'라고 했다면. 그만큼 아찔한 일이 없다. 또 반대로는, 그만큼 고마운 일도 없다. 그들의 희생을 생각하면 마음이 무겁다. 늘 빚진 자의 마음이다.

이 나라 안에서만 애국할 수 있는 것은 당연히 아니다. 장소의 문제가 아니라 마음가짐의 문제를 얘기하고 싶었다.

나는 오직, 이토록 아름다운 나라에 태어날 수 있었음에 감사하고자 한다.

징
검
다
리

보세요
수많은 양귀비가 들판에 피어
당신을 위로하고 있는 모습을
당신,
사랑 받고 있어요

# 1.

또 이를 악물고 있다. 그럴 이유가 없는데도. 그의 밑에서 20년이 넘는 세월을 지내면서 생긴 버릇이다. 그에게 트집잡히지 않기 위해 24시간을 긴장하면서 지내다 보니 자면서도 이를 갈게 된 것이다. 언젠가 한의사는 내 배를 누르면서 말했다. 말랑말랑해야 할 곳이 딱딱하다고. 통해야 할 곳이 막혀 있다고. 인내는 쓰나 그 열매는 달다더니. 쓴 인내 끝에 내가 얻은 건 더 쓰디쓴 병이었다. 밖으로 표출되지 못한 마음의 말은 어떻게든 남아 쌓이기 마련이다. 그리곤 몸의 병이라는 실체를 얻어 밖으로 그 모습을 드러낸다. 이렇듯 오랜 시간 방치된 마음의 병은 으레 몸의 병으로 이어진다. 그것은 눈덩이처럼 불어나 언제고 살아 있는 고통이 되어 그동안 왜 나를 가둬 두었냐며 당신을 인정사정없이 찔러댈 것이다. 지금의 나처럼. 밤 운동을 끝내고 집으로 향하는 징검다리 앞에 선 스물여덟 살의 사내는 고달프다. 더욱이 내일은 6월 22일이니. 달빛에 드러나는 모든 아름다움은 허무하기만 하다.


# 2.

아직도 시끄러운 소리가 난다. 와장창창쨍그랑꽝꽝. 날카롭고 둔탁하고 거북한 소리. 이를테면 그릇이 깨지는 소리, 사정없이 망치로 벽과 물건들을 깨부수는 소리. 정신이 멍해지고 가슴을 울렁거리게 만드는 포학한 소리. 이 소리들은 내가 감당할 수 있는 수준을 이미 오래 전에 벗어났다. 그래서 아무렇지 않게, 하지만 여전히 새롭게 이 소리들을 마주하고 있는 셈이다. 그 소리들을 피해 이곳까지 왔는데 나는 여직 그로부터 벗어나지 못했다. 이를 깨달았을 때 소리의 근원은 비아냥대었다. 네가 내 속에서 나고 자란 세월이 있는데, 장소를 옮긴다고 사라질 것 같으냐, 너도 변한 게 없지 않은가, 아니, 애초에 바뀌고자 하는 의지는 있나? 이 같은 말로 소리의 근원은 나를 끊임없이 괴롭혔다. 마치 지우려 해도 지워지지 않는 문신처럼 그는 내 가죽의 일부가 되어 나에게 철석같이 달라붙었다. 그의 번식성은 끈질겼고 나는 그에게 좋은 그릇이었다. 그의 빈정거림 앞에 나는 무력했다. 그 난폭한 소리들은 바로, 내 마음의 집에서 나는 소리이기 때문이다.

내 마음속엔 집이 한 채 있다. 그 집의 외벽은 해지고 낡은 판자로 되어있다. 황당한 건, 그에 걸맞게 지붕은 슬레이트 따위로 덮여 있어야 하겠지만, 정작 판자 기둥 위에 올려져 있는 건 두껍고 우악스러운 콘크리트 지붕이라는 사실이다. 16년 전에 새로 갈았다. 덕분에 집 안으로 물이 새는 일 따위는 일어나지 않는다. 그저 16년간 햇볕도 쬐지 않아 어디로도 빠져나가지 못한 빗물이 지붕 위에 가득 고여 있을 뿐이다. 집의 구성이 이렇듯 억지스러워 이 집은 약한 바람에도 가차 없이 휘청거리곤 한다. 무식하게 크고 무겁기만 한 지붕은 다 낡아 비틀어져 가는 판자 기둥들을 안쓰러울 정도로 압박해댔다. 판자들이 해질수록, 지붕이 무거워질수록 이 집의 잔존은 위태해져만 갔다. 그러나 신기하게도, 절대로 무너지진 않았다. 차라리 무너졌으면 싶은 꼴을 하고 악착같이 버티고 있는 것이었다.

그 집에 살고 있는 건 나다. 나뿐이다. 그 집 속의 나는 너무나 멀쩡하게 잘 있다가도, 이따금 미친 사람으로 돌변해서는 집 안의 그릇들을 사방으로 내던지고, 쇠 방망이로 창문이나 물건들을 깨부수고, 망치로 판자로 된 벽을 마구 내려찍었다. 한동안 소동이 있고 나면 다시 정신을 차리고 깨진 유리들을 치우고 물건들을 정돈하고 집을 보수했다. 그러곤 또다시 깨부쉈다. 이런 과정이 시도 때도 없이 반복되던 시절이 있었다. 긴 시간이었다. 요즘은 이러한 소동이 비교적 줄어들었으나, 평안에 이르렀다 말하기엔 무리가 있을 터다. 혼자 살기에, 시끄럽다, 그만해라 말려 줄 사람도, 다잡아줄 사람도 없어서 이 집에서 홀로 계속 살아가는 것은 그야말로 비참한 고독이다. 이 내 마음속의 암울한 집은, 이 포악한 집 주인의 모습은 아직 살아 있는 그 인간, 안제웅의 위대한 유산이다.

## 3.

17년 전 마흔네 살의 제웅은 혈기왕성한 사내였다. 아니, 지지 않는 사내였다. 무슨 일이 있어도 이기고야 마는 사내였다. 오로지 집에서, 아내 임자인에게 말이다. 사회에서 그는 얼마나 인정받는 사람인지 모른다. 사람들은 모두 그를 좋아했다. 그래, 미워도 인정한다. 가족이 아닌 담에야, 좋아할 수밖에 없지. 바깥에서 교수로 살고 있는 그는 얼마나 세련되고, 신사적이고, 남자답고, 멋쟁이인가. 그를 대하는 사람들은 틀림없이 그를 점잖고, 정의롭고, 상식이 통하며, 박학다식하면서도 멋있는 가치관을 가진 사람이라고 생각할 것이다. 꾸며지기만 한 행동들은 이러한 인정을 많은 사람에게 받기에 한계가 있다. 그러니까 그는 분명 그런 훌륭한 점들을 실제 조금이라도 가지고 있는 사람인 것이다. 그는 좋은 사람일 수 있다. 호감형인 그는 원만한 인간관계를 이루는 데 있어서 탁월한 능력을 갖췄다. 그러나 항상, 문제는

밖에서만 그렇다는 점에서 일어난다. 원망스럽게도 그는 어쩌면 그보다 더 중요할지 모를 '특정한 환경 속에서 분노를 조절하는 능력'은 가지지 못했다. 그리고 그 결함은 집이라는 특정한 환경에서, 자신보다 약자인 나와 그의 아내 앞에서 고스란히 드러났다. 내가 그를 미워하는 이유도 여기에 있다.

먼 옛날 유교 사회가 이 나라에 남긴 가부장적인 문화가 얼마나 많은 사람의 마음을 피 흘리게 했는지. 얼마나 많은 인생을 뒤틀리게 했는지. 김구 선생이 말했던가. 만일 하느님이 너의 소원이 무엇이냐 물으신다면 첫째도 둘째도 셋째도 유일한 나의 소원은 대한의 독립이오라고 대답할 것이라고. 나라면 이렇게 대답할 것이다. 가부장제로부터의 가정의 독립이오, 라고. 이 나라에서 가부장적인 누속의 뿌리를 뽑는 것이오. 가정에 왕으로 군림하는 권위주의적인 아비들을 심판하는 것이오. 스스로 심판자의 자리에 앉아 자신을 옳게 여기고 다름을 틀렸다 판단하는 무지막지한 독재자들을 흔적도 남기지 않고 모조리 이 땅에서 몰아내는 것이오. 라고 말이다. 그만큼 나는 이 가부장제를 혐오한다. 그 병폐를 온몸으로 체험해온 산증인이기 때문이다. 아파 본 사람은 안다. 왜 그래야만 하는지. 이 허물 많은 폐습으로 인해 정신적으로도 육체적으로도 바닥을 구를 만큼 아파 보았기 때문에 이 고통에 노출될 위험에 있는 자들을 도저히 외면할 수 없는 것이다. 귀 기울여 보면 들을 수 있다. 그 폐해는 너무도 커서 여린 생명들이 이 뿌리 깊은 병근에 아직도, 이리도 생생하게 신음하고 있음을. 인정하기 싫으나 제웅 또한 그 악습의 피해자이리라. 그도 저항할 수 없이 숨죽여 울던 시절이 있었을 것이다. 식솔들을 쥐 잡듯이 잡으며 하나부터 열까지 간섭하고, 술만 마시면 깽판을 쳐대는 아비와 그로부터 감싸 안아줄 포근함이라곤 찾아볼 수 없는 팍팍한 욕쟁이 어미 아래에서.

그러나 후에 그가 스스로 선택한 삶의 방식에 대하여 난 더는 그의 편이 아니다. 그가 저지른 수많은 패악질에 그는 분명 책임이 있다. 그는 그 아비와 똑같이 권위적이고, 가부장적이었으며, 아내와 다투기 시작하면 분노를 다스리지 못하고 마구 발광했다. 제 아비처럼 술에 취해 행패를 부린다거나 아내에게 직접 손을 대진 않았지만 열 받기 시작하면 집안의 온갖 물건들을 던지고 흉기가 될 만한 것들을 들고 설쳐댔다. 어떤 날은 칼을 들고 위협하기도 했다. 죽여 버리겠다며 주변 물건들을 찍고 부숴대는 식이다. 또 소리는 어쩌면 그렇게 악독하게 질러대는지. 폭언의 내용 또한 반드시 해를 입히고야 말겠다는 의지가 담겨있는 듯 독살스러웠다. 그야말로 한 마디 한 마디 가슴에 박히는 창살이었다. 가슴 아픈 사실은 언제나 그 부부들 싸움의 시작이 사소했다는 것이다. 전혀 싸울 필요가 없는 문제. 얼마든지 싸우지 않고도, 서로 상처 주지 않고도 끝날 수 있는 문제들 말이다. 그래서 무엇 때문에 싸우기 시작했는지는 기억도 나지 않는 것이 대부분이다.

그럼에도 불구하고 걷잡을 수 없이 극으로 치달아만 가는 그런 장면들을 보고 있노라면 불현듯 미쳐버릴 것 같았다. 정신에 이상이 올 것 같은 그 기분. 심장에 얼음물을 끼얹은 것처럼 온 가슴이 서늘하게 녹아내리고 온몸이 부르르 떨렸다. 고함에 한 번. 휘둘리는 둔기 소리에 두 번. 가슴이 큰 폭으로 덜컹거렸다. 아무것도 아닌 일이 왜 이렇게 커진 걸까? 이 통한의 물음에 답은 하나였다. 바로 그의 가부장적인 성향이 싸움이 불식되게 내버려 두지 않았다는 것. 그는 식구 중 누군가 자기 위에 있는 것 같은 느낌을 견디지 못했다. 무조건 제 뜻이 확립되어야 했고 그에 토를 다는 일은 있을 수 없었다, 아내건 자식이건. 양보 없고, 예민하고, 속 좁고, 가루어야만 하는 그의 신경을 조금이라도 거스른다면, 그의 자존심에 조금이라도 흠집이 생겼다면 그는 늘 끝을 보고야 말았다. 자신이 받은 타격의 갑절로 돌려줘야지만 직성이 풀리는 사람처럼. 이 모든 폭력이 내 엄마 임자인을 향하고 있었을 때, 나는 너무 어렸다. 그리고 그 극악한 표독을 받아내기에 그녀마저도 너무나 연약하고 부드러운 사람이었다. 둥글둥글하고 수더분했던 나의 엄마. 제웅으로 인해 울던 나를 그 따뜻한 품에 안고 달래 주던 엄마. 나의 유일한 피난처였던 엄마. 그런 그녀의 성격 탓이었을까. 그녀는 전에 겪어 본 적 없는 폭력적인 광경에 회복할 수 없는 상처를 입고 말았다. 그녀의 해맑은 웃음은 제웅이 낳은 난폭한 시간들에 의해 잔인하게 짓밟혔다. 그 지옥 같은 집에서 나는 20년이 넘는 세월을 버텼지만, 그녀는 일찍이 포기하고 말았다. 그 집도, 그의 남편도. 그리고 나도.

## 4.

내 마음속 집 얘기를 했으니 이제는 진짜 내가 살고 있는 집을 소개해 줄 차례다. 우선, 집이 위치한 마을은 도시와 가깝게 붙어 있어 시골이라 하기도, 도시라 하기도 애매하지만 건물 낮고, 비닐하우스 지대가 있고, 공기 좋고, 사람 적어 조용한 것으로 볼 때 시골에 더 가깝다 할 것이다. 집 바로 앞엔 개천이 하나 있는데 이 개천을 경계선으로 도시 지역과 시골 지역이 나뉜다. 도시 쪽으로 들어가는 반대편 개천가에도 낡은 시골집들이 적지 않게 늘어서 있긴 하지만 얼마 가지 않아 아파트와 학교가 나온다. 제법 널찍한 개천 사이에는 주먹도끼처럼 날것 느낌이 나는 투박한 징검다리 열한 개가 놓여 있다. 징검다리 위에 서서 시골 쪽 개천가를 바라보면 파랗게 페인트칠이 된 대문이 제일 먼저 눈에 띈다. 그게 내 집이다.

지금은 내 명의로 된 내 집이지만 원래 이 집은 나의 외가였다. 엄마와 함께 손을 잡고 막대사탕을 물고서 기차를 타고, 징검다리를 건너 놀러 오던. 마루 위에 앉아 당신의 무릎을 벤 손자의 머리를 쓸어 넘기며 노래를 불러 주던 외할머니가 있는. 지금은 그 누구도 없지만. 파란 대문을 열고 들어오면 마루가 딸린 기와집이 보인다. 대문에서 시선을 곧바로 왼쪽으로 돌리면 수도 시설과 홍갈색 벽돌로 쌓인 화단이 있다. 화단엔 빨간 양귀비가 가득 피어 있다. 그 옆으론 마당으로 가지를 한껏 기울인 감나무가 서 있다. 홍시가 열리면 엄마 생각이 난다는데. 지독하게도 나와 꼭 상황이 맞다. 감이 설익었을 때도 자꾸 따 달라 보채는 나를 타이르던 엄마. 굳이 떫은 감을 따서 손주에게 맛보여 주던 할머니. 결국 먼저 익은 옆집 감을 셋이서 함께 마루 위에 둘러앉아 젓가락에 찔러 먹던. 그런 시절이 있었다. 그렇게 두 여인은 그 아름다운 시절에 머물러 있다.

17년 전, 엄마는 바로 이곳에서 스스로 목숨을 끊었다. 제웅과의 이혼 후 반년이 채 지나지 않은 6월 22일, 내 나이 열한 살이었다. 유달리 추웠던 그해 봄, 그녀는 제웅과 이혼하고 나와 함께 외할머니가 있는 이곳, 친정으로 왔다. 그로부터 6월 22일까지 이곳에서 지낸 석 달은 떠올리는 것만으로도 사람 속을 까맣게 태워 버리는 시간이다. 외면하고 싶은 시간. 인생에서 지워 버리고 싶은 페이지. 지금도 그 시간을 곱씹을 때면 혈압이 오르고 나도 모르게 숨을 참게 된다. 정확히는 피가 거꾸로 솟는 기분이다. 그 석 달 동안 우울증에 이미 잠식된 엄마는 날 돌보지 않았다. 날 돌본 건 할머니였다. 당시 어렸던 나는 제웅과 떨어지게 되었다는 슬픔도 잠시, 공포의 대상이었던 제웅으로부터 벗어나 새로운 환경에서 살게 되었다는 사실에 상기되어 있었고 새로운 친구들 사귀기에 여념이 없었다. 엄마에게 감정을 이입했다간 나에게까지 저 슬픔이 옮을 것 같고. 또 어떻게든 살아가야 했으니까. 부모의 슬픔을 살피고 이해하기에 열한 살은 참 철없는 나이였다. 철없다 하기에도 어린 나이다. 아직 삶의 시련이 무엇인지 알지 못하는 그 인내심 없는 소년은 처음에는 우울증에 걸린 엄마에게 그 나이 때의 수준으로 위로의 말도 건네 보고 애교도 떨어보았지만 한결같은 그녀의 모습에 금방 지치고 싫증을 느꼈다. 더 나아가 예전과 같지 않은 그녀에게 짜증이 나 있었다. 당연히, 우울증이 얼마나 무서운 병인지 알 리도 없었다. 그런 자식 곁에서 엄마는 나날이 피폐해져 갔다. 기억해 보면 하루도 울지 않은 날이 없었던 것 같다.

그 시절 내가 그녀에게 주로 했던 말은 배고프다는 말이었다. 엄마, 나 배고파. 맛있는 거 먹고 싶어. 17년 전, 매미가 악을 쓰며 울어대던 6월 22일. 그날도 학교를 마치고 집으로 온 나는 배고프다는 말로 인사를 대신하며 그녀가 있는 방으로 들어갔다. 방문을 열자 차갑게 누워 있는 엄마가 보였다. 늘 보던 얼굴인데 그날은 달랐다. 단지 눈을 감고 누워 있을 뿐인데 이상하게 속이 매슥거렸다. 미동 없는 엄마의 몸에 살며시 손을 댔다. 주변 온도와 대비되는 미적지근한 차가움. 전에 느껴 본 적 없는 차가움이었다. 온몸에 소름이 끼쳤다. 나는 그녀를 흔들기 시작했다. 얼마 지나지 않아 매미처럼, 나는 악을 쓰며 울었다. 엄마 나 배고파. 나 배고프다고. 배고프다고. 언제까지 잘 거야. 일어나. 밥 먹자. 맛있는 거 먹자. 발악하듯이 울부짖었던 기억이 있다. 숨이 넘어갈 듯이. 그 어린 나이에도 이제 다시는 엄마가 눈을 뜨지 않으리라는 것을 직감했던 것이다. 그리고

스스로 삶의 끈을 놓아 버렸다는 것도. 열한 살의 소년
은 느낄 수 있었다.

## 5.

  늘 다치고 먼저 꺾이는 건 착한 사람들이었다. 천성적
으로 그들은 모질지 못해서, 자신을 해치려는 자들에게
도 억세게 맞받아치지 못했다. 목구멍에서 끝내 토해내
지 못한 쓰린 말들을 꾸역꾸역 되삼키며 살아갔다. 자기
안에서 나온 말이 혹여라도 이 화 많은 사람들에게 생
채기를 입힐까 두려운 것이다. 차라리 당하고 말지. 내
가 한 번 더 참고 말지. 그만큼 그들은 멍청할 정도로
지혜롭고 여리다.

  반면, 상처를 입히는 쪽은 늘 살아남았다. 그들은 당
하면 반드시 배로 돌려주었다. 제웅처럼 유달리 자기방
어적인 사람들은 자신이 당한 수모의 갑절은 상응하게
돌려줘야 분이 풀리는 듯 멈추곤 했는데, 누군가 얼굴에
침을 튀기면 곧바로 물 따귀로 갚아주는 식이다. 또한
너무나도 편안하게 살아간다. 당하는 건 그쪽이 아니니
까. 억울한 일은 남겨두지 않았으니까. 조금이라도 비위
가 거슬렀다면 반드시 사과를 받아냈으니까. 예고 없이
불쑥 튀어나와 그들의 속을 마구 헤집어놓는 상처의 여

파 같은 건 그들에게 있을 수 없었다. 상처를 줬으면 줬지. 남을 채찍질하는 손길엔 스스럼없으면서도 자신을 방어하는 데는 떨어지는 잎사귀에도 몸을 사릴 만큼 철저하니 그들의 옥체는 흠집 하나 없이 곱고 번지르르할 것이었다. 그 고귀하신 분들은 신경이 거슬리면 분이 풀릴 때까지 공격하고, 분이 풀리면 앞뒤 없이 표출했던 온갖 사나웠던 모습들은 곧잘 잊곤 했다. 그리고 그런 자신들의 무책임한 망각을 종종 '뒤끝 없다'라고 표현하곤 했다. 얼마나 편리한 삶인지.

덕분에 모든 가시 돋친 기억들을 짊어지는 일은 오롯이 착한 사람들의 몫이다. 그 짐이 얼마나 버거우면, 그 짐을 남에게 벗어 던지기보다 차라리 모든 것을 안고서 일찍이 떠나기를 택하는 걸까. 자의적이든 아니든 가끔 그들의 고별은 가혹하리만치 뒤 없어서, 그들의 죽음을 미련 없이 받아들이기엔 남겨진 자들의 가슴이 너무도 헛헛하다.

나의 엄마 임자인이라는 꽃은 너무 이른 나이에 꺾여버렸다. 생전, 그녀가 유달리 좋아하던 양귀비처럼 화사하게 빛났던 엄마는 후에 그녀의 무덤 곁에 부추꽃으로 피어났다. 그 무한한 슬픔을 안고서. 부추꽃은 때가 되면 하얀 꽃망울을 톡톡 터트렸다. 기일마다 배고픈 아들이 창백한 얼굴로 다녀가고 나면 달래 줄 사람 하나 없는 쓸쓸한 들판에서 엄마는 뒤늦게나마 그렇게, 하얗게 눈물을 뿌렸다.

그런데 지금 그녀의 무덤 곁엔 양귀비가 떼 지어 피어 있다. 공교롭게도. 외가의 화단에도 심길 만큼 살아생전 엄마의 특별한 사랑을 받았던 위로의 꽃 개양귀비. 그 사랑에 대한 보답인지, 아니면 그 사랑이 그리워서인지 늦었지만, 꽃은 그녀의 곁에 다시금 다다랐다. 그 빨간 빛깔은 영원히 시들지 않을 것 같던 그녀의 진한 눈웃음을 고스란히 간직하고 있다. 그 빨간 빛다발이 들판의 푸른빛과 흐드러지게 섞여 처음 나를 맞아주던 그 날을 난 잊을 수 없다.

스물두 살의 6월. 제대하자마자 제일 먼저 찾아간 곳은 엄마의 묘지였다. 꼬박 2년 만에 애끓는 마음으로 찾아간 그곳은 기억 속의 풍경과는 완전히 다른 곳이 되어 있었다. 부추꽃은 누가 뽑아 버렸는지 흔적도 없이 사라지고 빨간 양귀비만이 가득히 피어 두 눈이 어지러 우리만치 엄마의 무덤 주위를 빼곡히 수놓고 있었다.

누구일까? 대체 누가 그 무성한 부추꽃들을 뽑아내고 이 많은 개양귀비를 심은 것일까? 외할머니? 아니지, 외할머니 돌아가신 지가 언젠데. 그럼 대체 누가 이 꽃들을 심어 놓았단 말인가. 외가에 내가 모르는 가족이 남아있는 것일까? 그것도 아니면 시에서 동네 뒷산 언덕을 가꾸는 차원에서 심어 놓은 것일까? 그런데 하필 양귀비를? 이 모든 것이 우연이라니. 어쨌거나 그것은 나중 문제였다. 꽃내음에 일깨워진 옛 감정들은 나를, 정신을 차릴 수 없을 만큼 마구 흐트러뜨리기 시작했다.

왜일까, 나는 누가 심었는지도 모를 그 꽃들이, 정성스럽게도 자리를 메우고 있는 그 꽃들이 마치 날 위로해 주는 것 같았다. 그 붉은, 청초한 잎색들이. 노을빛을 받아 황금빛을 띠는 연두색 줄기들도. 그 색들은 경계 없이 어우러져 그녀처럼 화사하게 웃고 있었다. 분명 그것은, 울음보단 웃음이었다. 꽃잎 하나하나에 배인 그 흉내 낼 수 없는 미소들은 다름 아닌 나를 향하고 있었다. 꿈에조차 찾아오지 않았던 엄마가 비로소 나를 향해, 이토록 선명하게 웃고 있는 것 같아서……. 붉게 물든 들판을 잇는 바람마저 따뜻했다.

나는 마치 다른 장소에 온 듯 처음 보는 그 아름다운 광경에 나지막이 아, 탄성을 내뱉었다. 2년 동안 나와의 만남을 손꼽아 기다렸다는 듯 예쁘게 단장하고 나를 마주한 엄마 앞에서 나는 아무 말도 할 수 없었다. 그저 넋 나간 사람처럼, 자욱했던 슬픔의 안개를 걷어내고 다시 돌아온 엄마의 모습을 눈에 담았다. 꽤나 놀라서, 너무 예뻐서. 나는 꽃들의 환영(幻影)에 서서히 물들어갔다. 그러곤 시간이 멈춘 듯 무덤 가까이 다가가지도 못하고 한동안 가만히 서 있었다. 내가 말이 없자 그녀를 닮은 꽃들이 바람결에 이리, 저리 몸을 흩날리며 잔잔히 속삭였다.

*슬픔은 겪었단다. 이제는 위안하자. 충분히 아파했으니.*

십 년의 세월 동안 결코 꺼내 보이지 않았던 그리움의 눈망울이 일렁이는 순간이었다. 툭. 툭. 무수한 양귀비가 피워 올리는 향수가 자꾸만 위태로운 나를 건드렸다. 결국 나도 같이 흔들렸다. 저 꽃잎들처럼 소리 없이. 늦은 오후, 내 발 가의 잡초에 맺힌 이슬도 이리, 저리 바람 따라 번져갔다. 그럼에도, 십년 만에 그녀는 웃고 있었다. 살랑 살랑, 내게로 몸을 기울이며. 그날 나는 위안했다. 처음으로 엄마가, 그리고 내가 이름 모를 누군가에게 위로받는 순간이었다. 비록 그 순간이 짧았을지라도.

애처로운 재회였다.


## 6.


"제 자식 어미 없이 자랐단 소리 듣게 하고 싶지 않습니다."

엄마가 떠나고, 그 해가 넘어가고, 다시 여름이 찾아올 때쯤에야 나를 찾아온 제웅의 첫마디였다. 외할머니는 나를 제웅의 손에 돌려보내는 대신 제웅에게 두 가지 조건을 걸었다. 첫째, 내가 죽고 나면 이 집을 내 외손자에게 물려줄 테니 스스로 책임질 수 있게 될 때까지 대신 잘 맡아 달라는 것. 둘째, 만나고 싶을 때 만나게 해 달라는 것. 무엇 때문인지는 몰라도 제웅은 그 조건을 착실히 수행했다. 덕분에 나는 다른 때는 물론, 엄마의 기일마다 외할머니를 만날 수 있었고, 어린 나이에 집이라는 재산도 얻게 되었다.

　시간이 흘러 나는 나의 집으로 돌아왔다. 지옥 같은 제웅의 집에서 버티는 시간 동안 나의 집은 나에게, 더는 못 견딜 것 같을 때 다행히도 내가 도망칠 곳이 한 군데는 있다는, 그런 위안을 주는 피난처였다. 그러나 이 선택지는 끈질기게 유예되었다. 남들은 수년이 걸리기도 하는 일련의 관문들을 초고속으로 통과하고 임용고시에도 한 번에 합격한 후 스물일곱 살이 되어서야 나는 그 집을 나올 수 있었다. 정확히는, 뛰쳐나왔다. 격분해서. 하루도 온전히 행복한 날 없이 악으로 버틴 곳에서의 마지막조차도 결국 좋지 못했다는 건 생각해 보면 씁쓸한 사실이다. 쨌든, 나는 이곳에서 초등학교 교사를 하면서 지내고 있다. 내가 살아갈 수 있게 해 준이 집은 이제는 떠나고 없는 그 어른, 내 외할머니의 애달픈 유산이다.

7.

열두 살, '가정의 달' 5월에 다시 돌아가게 된 제웅의 집엔 가족이라고 하기엔 낯선 사람들이 기다리고 있었다. 두 여자였다.

"반갑다, 구원아. 나는 최, 윤, 옥. 최윤옥이라고 해."

전체적으로 진한 얼굴이었다. 짙은 눈썹 밑으로 굵게 패인 눈 위의 주름이 순간 옅어졌다. 깡말라 보이는 얼굴의 골격들 사이로 잔주름들이 올라간 입꼬리를 따라 깊게 팼다. 강인해 보였다. 하지만 그 물기 없는 다부진 얼굴에 드러나는 그녀의 연륜이 그 나이의 나에게는 부담스러웠다. 나는 그대로 얼어붙었다.

"많이 놀랬지. 아이구, 많이 놀랐다 지금. 아줌마 이상한 사람 아니야. 아, 익숙해질 때까지 그냥 편하게 아줌마라고 불러두 돼."

미리 생각해 놓기라도 했는지, 윤옥은 선수 치듯 재빠르게 말했다.

"무슨 소리야, 당신은. 됐고, 그냥 엄마라고 부르면 된다. 한 가정에서 질서 없게 엄마보고 아줌마 거리는 꼴 난 못 본다. 알았어? 대답해야지."

언제나 그렇듯 강압적이다. 아버지가 이렇게 나오시니 어쩔 수 없네, 윤옥은 곤란한 듯이 제웅의 눈치를 보다 눈썹을 팔자로 늘어뜨리고 내게 미안한 듯이 웃어 보였다. 그러다 귓속말을 하듯 한쪽 손을 입가에 붙이고서 우리 둘끼리 있을 땐 괜찮아! 넉살스럽게 속삭이곤 눈을 찡긋해 보였다.

그런 그녀의 장난스러운 행동에도 불구하고 나는 더 경직되어만 갔다. 언제 봤다고 엄마가 되는 걸까. 내 엄마가 어떻게 죽었는데. 이 사람들은 왜 이렇게 멀쩡하지? 어떻게 이렇게까지 아무렇지도 않을까? 아빠는 엄마란 사람이 있었다는 사실을 완전히 잊어버린 것일까? 무언가 잘못된 게 틀림없어. 아빠, 우리 엄마는요? 우리 엄마는 어떻게 되는 거예요? 엄마가 기억이 안 나는 거예요? 아빠는 왜, 슬프지도 않아요?

엄마라는 존재가 완전히 기억에서 지워진 듯 행동하는

그에게 따져 묻고 싶었지만 기회는 오지 않았다. 이제는 그의 곁에 계속 윤옥이 붙어 있을 것이었다. 그뿐 아니라 그 후로도 제웅은 변함없이, 엄마는 애초에 없었던 사람인 것처럼 행동했다. 그가 보이는 무언의 행동들이 나에게는 직접적인 말보다 선명히 각인되는 그의 의지였다. 그가 표명한 의지에 짓눌려 나 또한 자연스럽게 엄마에 대한 그 어떤 얘기조차 그 집에선 꺼내지 않게 되어 버렸다. 입을 다물게 되고 만 것이다. 체념이라고 할까. 그러나 마음속으로는, 걷잡을 수 없는 분노가 자라나고 있었다. 혼란 속에 무책임하게 내팽개쳐진 아이는 속으로 원망하는 수밖에, 다른 도리가 없었다.

윤옥의 소개가 끝나자 자연히 나의 시선은 그녀의 무릎께 너머에 찰싹 달라붙어 얼굴의 반만 빼꼼히 내밀고 있는 여자아이에게로 옮겨갔다. 제 어미의 치맛자락을 붙잡은 손등엔 길게 사선으로 난 흉터가 있었다. 한 번 그쪽으로 쏠린 시선은 깊게 박힌 화살처럼 쉽사리 거둬지지 않았다. 그게 그 아이를 찌르는 줄도 모르고.


"정말 예쁘지? 네 여동생이다. 인사해야지. 짜식, 예뻐서 부끄럽구나."


제웅의 말이 끝나자마자 곧바로 윤옥은 딸을 슬며시

앞으로 밀며 재촉했다.

"자, 자기소개 해 줘. 오빠, 내 이름은 은이야. 안은
이. 응? 괜찮아, 괜찮아. 구원이 오빠, 나는 오빠보다 한
살 어려요. 초등학교 4학년이에요. 친하게 지내요…….
오빠 정말 잘생겼구나. 탤런트 같다. 그지? 가서 말해
줘, 응? 왜 그래 정말, 어제 그렇게 열심히 연습해 놓
고."

나와 딸을 번갈아 보며 딸을 열심히 타이르는 그녀의
표정이 꽤 민망하고 난처해 보였다. 그럼에도 딸은 입을
꾹 다물고 한마디도 하지 않았다. 나처럼. 서로 계속 버
티다 보니 마치 먼저 입을 열면 지는 게임을 하는 것
같았다. 얼굴이 울그락불그락 해지고 숨소리가 거칠어지
더니 급기야 딸은 울음을 터뜨렸다. 나는 괜히 내가 울
린 것 같은 죄책감에 사로잡혔다. 당황한 윤옥은 연신
내게 미안하다는 말을 해댔다. 제웅도 윤옥도 모두 딸을
달래느라 바빴다. 그들 뒤에 혼자 덩그러니 남은 나는
소리 내어 우는 여자애를 물끄러미 바라보았다. 유난히
하얀 얼굴에 유독 붉은 기가 눈 주변, 코 주변으로 얼룩
덜룩 튀어 보이니 보는 사람 가슴이 다 찌릿 거렸다.

'아팠겠다.'

아까부터 줄곧 신경이 쓰였다. 흉터. 그 눈에 띄는 손으로 부지런히 눈을 닦아 내며 우는 와중에도 간간이 눈이 마주쳤다. 큰 눈망울이 눈물에 겹쳐 반짝거렸다. 나랑 눈이 마주치면 더 서럽게 울었다. 어쩔 수 없이 눈을 내리깔았다. 관심 없는 척, 울음소리가 잦아들길 기다리며 바닥을 이루고 있는 나무판 조각의 희미한 나이테 수를 세었다. 한 살, 두 살, 세 살, 네 살…… 열한 살, 열두 살. 어, 이거 나랑 나이 같다. 티 나게 중얼거리며. 그러다 문득 생각했다. 울고 싶은 건 나라고.

## 8.

드문드문 귀뚜라미 울음소리가 들려오는 조용한 밤, 개천을 따라 산책로를 걷다 보면 어느새 이렇게 골몰하고 있다. 옛날 기억이든, 성가신 일이든 끈질기게 물고 늘어져서는. 그러다 보면 어두워 끝이 보이지 않는 개천의 저 밑바닥으로 빨려 들어가 머리 끝까지 잠기는 것 같은 느낌이 든다. 그런 깊은 생각의 수렁에서 나를 건져 올리는 건 언제나 오후 열 시가 되었음을 알리는 휴대폰의 알람 소리다. 덕분에 딴엔 무언가를 풀어보기 위해 시작한 고민이 늘 끝을 맺지 못한 채 엉거주춤하다 이내 밀려나곤 한다. 요즘은 이런 날의 반복이다. 그렇게 성의 없이 둘둘 말려 다시 햇볕 들지 않는 창고에 넘겨진 기억들이 산더미다. 나에게 과거는 그렇다. 결코 해결되지 않는, 털어낼 수 없는. 너무 거대해져 버려서 나조차도 감당이 안 되는. 지긋지긋한 거머리.

예전부터 어렴풋이 짐작하고는 있었다. 이 거머리들을 홀홀 털어 버릴 유일한 방법은 아마도 용서라는 것을. 하지만 머리로만 아는 것은 알아도 아는 것이 아니었다. 더군다나 이제는 그간의 세월이, 거대해져 버린 환부가 억울해서라도 혼자서는 할 수가 없었다. 칼 꽂은 사람은 미안해하지도 않는데 병신같이 혼자? 그럴 생각은 추호도 없었다. 그래서 나는 시간에 기대었다. 하지만 시간은 근본적으로, 아무것도 해결해 주지 못했다. 결국 그렇게 스물여덟 살이 된 지금에도 나의 등에는 여전히 거머리가 덕지덕지 붙어 있다.

그래서, 그런 내가, 다시 그 기억을 마주하는 편을 택한 것이다. 혼자 안고 살아가기엔 너무나 버거운 기억이었다. 떠나보내지 못한 그 기억들은 부유하는 곳마다 여기저기 음침한 전염 독을 남겼다. 살고 싶었다. 아프기 싫었다. 그래서 떠올리는 것 자체가 고통이라 예전엔 떠오르기가 무섭게 무조건 묻어 두었던 기억을 이제는 어떻게든 털어 버리기 위해 스스로 끄집어내곤 한다. 시작은, 생각하다 보면 정리가 되겠지, 정리가 되면 어떻게든 잊게 되겠지, 그러면 끝이 오겠지, 하는 생각에서였다. 잊는 것을 용서라고 생각하진 않았다. 잊는 것이야말로 온전히 나만을 위한 일이라는 생각이 들었다. 제웅이든, 날 버리고 간 엄마든, 날 더 외롭게 만드는데 일조했던 그 새 식구들이든, 날 괴로움에 몸부림치게 한 그 모든 시간이든 용서받지 못한 채로 버려둘 참이었으니까. 어쨌든 난 미치도록 억울했으니까.

쉽지 않을 것을 짐작은 했지만, 과거의 일들은 생각하면 할수록 정리되기는커녕 오히려 끝없는 미로에 갇힌 것 같이 머릿속을 더 복잡하게 만들기 일쑤였다. 오늘의 상념이 유난히 길었던 이유는 아마도 지금이 기일을 하루 앞둔 밤이기 때문이라고, 괜히 시기 탓을 하며 때마침 울리는 열 시 알람을 껐다.

'내일도 고생 좀 하겠네.'

항상 그랬다. 하루 전부터 온갖 근심으로 몸이 축축 처지다 엄마의 기일이 되면 늘 몸에 탈이 났다. 스스로 병을 만든다고, 끝없는 번뇌는 내 진을 빼놓기에 충분했다. 이 시기만 되면 나도 날 어쩔 수가 없다.

산책을 하는 건지, 자학을 하는 건지. 파리지옥 같았던 상념 속의 체류를 끝내고 집으로 돌아가기 위해 징검다리 앞에 섰다. 첫돌에 발을 내딛는 순간 바지 오른쪽 앞 호주머니 안에 넣어둔 휴대폰이 짧게 징징 울렸다.

## 9.

볼 수 없다. 이미 첫 돌에 발을 뻗은 이상, 이 순간만큼은 신중성과 민첩성을 최대한 끌어올려 이 징검다리를 건너는 하나의 일에만 집중해야 한다. 징검다리를 건너는 순간에는 문자 확인 같은 사사로운 일을 비롯해 어떤 큰일이든 뒷전으로 밀려나게 된다.

그냥 이유 없이 무서운 것, 어릴 때부터 무서웠던 것. 그런 건 누구나 하나씩 가지고 있는 사치품 같은 거 아닐까. 괜한 염려를 불러 일으켜 우리의 행동에 제약을 주는 것들 말이다. 나한텐 징검다리가 그렇다. 돌 사이마다 띄어진 간격은 발을 헛디뎌 물에 빠지고 마는 상상을 괜스레 부추겼다.

물에 빠지는 것은 여러모로 성가신 일이다. 일단, 아끼는 신발이 젖어 버리고 그 신발을 씻고 말리는 데에는 하루 이상의 시간이 걸린다. 양말도 젖고, 바지도 젖고, 잘못해서 넘어지면 윗옷까지도 젖을 것이다. 젖으면? 찝찝하다. 불편하다. 뒤처리도 피곤하다. 젖으려고 작정한 때라면 얘기가 다르겠지만 애초에 징검다리가 만들어진 이유가 뭔가. 젖지 않고 물을 건너기 위함이 아닌가! 징검다리를 건너는 경우는 물놀이를 하러 계곡이나 바다 앞에 다다른 경우와는 마음 자세가 엄연히 다를 것이다. 남이 보기엔 또 어떤가. 꼴사납다. 이목이 쏠리는 걸 꺼리는 나 같은 사람은 그날 밤, 이불 대여섯 번은 차겠지. 이렇게, 여전히 남들은 공감하기 힘들 수 있는 이유들을 제쳐 두고서라도 나는 그냥, 어릴 때부터 쭉, 징검다리가 무섭다.

## 10.

잠시였지만, 물 위를 걸어 본 남자가 있다. 베드로, 그는 바다 복판에서 풍랑을 맞았다. 아비규환이 된 배 위에서 그는 저 멀리 해변에서부터 물 위를 걸어오는 하얀 빛을 보았다. 예수님이었다.

'유령인가?'

베드로의 머릿속에 떠오른 첫 생각이다. 예수님이 뿜

어내는 보통 사람과는 사뭇 다른, 범상치 않은 기운에 베드로는 흠칫 두려움을 느꼈다. 절망적인 현재 상황에 눈이 가리어진 자들에겐 사랑의 본체도 의심과 두려움의 대상일 뿐이었다. 그의 두려움을 예수님이 모르실 리 없었다.

*안심하라 나니 두려워하지 말라*

절체절명의 위기 상황에서 베드로는 순간, 세상의 중심에라도 선 듯 가슴이 벅차올랐던 것일까. 베드로는 외쳤다.

*주여, 만일 주님이시거든 나를 명하사 물 위로 오라 하소서*

하니 예수님,

*오라*

하셨다.

가끔 상상해 본다. 오직 나를 향해 두 팔을 뻗고 기다

114

리고 있는 예수님을 향해, 그 품에 안기기 위해, 그것도 물 위로 걸어가는 아름다운 장면을. 이입이 어렵다면, 당신도 잠시 상상해 보길 바란다. 오직 당신을 향해 두 팔을 뻗고 물 위에 서서 기다리고 있는 당신의 스타를. 그리고 당신은 그 스타에게로 물 위를 걸어 다가가는 것이다. 오직 당신 하나만을 위해 이런 극적이고도 기적 같은 이벤트를 기획해 줄 스타가 어디 있겠는가? 없다. 가능하지도 않다. 더군다나 뱃속에서부터 성경 이야기를 들어왔던 나에게 세상의 스타는 예수님에 비할 바가 되지 않는다. 그러니까 한마디로 말하면 베드로는 일생일대의 기회를 얻은 것이다. 그는 신이 인간의 모습으로 세상에 내려온 그 황금과도 같은 시기에 태어나서, 그분을 만나고, 그분의 제자가 되어, 이제는 바다의 모래알 수만큼 많은 피조물 중 홀로 특혜를 독점하는 순간에까지 이르게 된 것이다. 결론은, 나는 베드로가 부러워 죽을 것 같다. 덕후는 계를 못 탄다는 말, 백 번 옳다.

그런데, 이 등신 같은 베드로. 그는 이런 인생에 다시 없을 기회를 허무하기 짝이 없게 날려 버렸다. 물론 시작은 좋았다. 물 위를 한 발짝 한 발짝 걸어 예수님에게로 향했다. 하지만 기적 같은 경험에 대한 흥분과 설렘으로 가열된 용기는 얼마 가지 않아 차가운 바닷물에 식어 버렸다. 정신없이 좋아서 예수님만 바라보고 달려

가도 모자랄 판국에 그는 고개를 숙여 물 밑을 바라보았다. 두려움이 만들어낸 찰나의 순간이었다. 그리고 그 찰나의 순간은 그가 더는 앞으로 나아갈 수 없도록 그의 발을 잡아당겼다. 물 밑으로. 두려움이 머물고 있는 그 어두운 심연으로.

세계적인 스타가 자신의 팬에게 두 팔을 벌려 나를 향해 걸어오라고 기회를 주었다면, 그것도 바다 위에서, 그렇다면 그토록 로맨틱한 일생일대의 기회를 베드로처럼 허무하게 놓칠 팬은 아마 없을 것이다. 아마 내 밑이 까마득한 바닷물이고 허공이고 나발이고 정신없이 뛰어가겠지. 저 존재에 대한 설렘과 사랑이 너무 넘쳐서 물에 대한 공포가 비집고 들어올 틈 따위가 없을 것이다. 하물며 신인데! 이 시대에 태어난 우리는 꿈조차 꿀 수 없는 기회가 아닌가.

그렇다면 베드로가 실패한 원인의 답은 하나다. 그는 예수님을 그만큼 사랑하지 않은 것이다. 베드로는, 검은 물에 대한 두려움을 이길 만큼의 사랑이 없었던 것이다. 하여간 베드로, 참 여러모로 못났다.


그리고 이윽고 나는 베드로에게서 내 모습을 발견하곤 한다. 등신 같다던 말 취소다. 아니, 지금 내 꼴이 딱 등신 같다. 겁먹은 등신. 게다가 난 지금 밤바다도 아니다. 밤 개천이다. 며칠 전 쏟아 내린 비로 인해 개천의 물은 돌 사이사이를 넘칠 듯이 흘러 지나갔다. 저 굽이 쳐 흐르는 물줄기를 보고 있노라면 당장이라도 날 덮칠 것 같았다. 어두운 밤이라 바닥이 보이지 않는 검은 물은 그 어느 때보다 깊어 보였다.

그래도, 지나간다. 하나씩 하나씩 느리게도 무거운 돌들은 내 발밑을 스쳐, 지나갔다.
나는 지나가고 있다.

후들후들 떨리는 다리로 돌과 돌 사이를 지나는 동안에 제자리에서 잰걸음을 얼마나 걸었는지. 돌다리도 두드려 보고 건너라고 하는데 나는 한참을, 마음을 두드리며 건넜다. 지금 건너도 될 것인가, 건널 수 있나, 건너도 안전한가. 지금 내 발이 어디 있지? 한 걸음을 떼었을 때 발이 물에 빠지지 않고 충분히 안전하게 다음 돌에 닿을 수 있을 만큼 발이 계산적으로 돌 위에 걸쳐져 있는가. 준비됐으면 이제 한 발을 쭉 내디뎌야 하는데. 빠지면 안 돼, 빠지면 안 돼! 빠지면 어떻게 될까? 세찬 물살에 마구 떠내려갈까? 얼마나 차가울까? 한참을 준비 자세를 취하고 나면 겨우 느릿느릿 하나를 건너고, 안전하게 다음 돌에 도착하고 나면 또 그 길고 번거로운 짓

거리를 반복했다.

결국 이 모든 것은 마음을 준비하는 일이다. 마음을 몇 번이고 두들겨 보고 안심이 되고 나서야 나는 겨우 다음 걸음을 뗄 수 있었다. 이 주제에 내가 누구를 욕할까. 베드로야, 몰라봐서 미안하다! 너는 그래도 절반은 갔을 거 아니냐, 이런 돌다리도 없이.

그래도 여전히 그가 부러운 건. 그의 건너편에는 그가 빠졌을 때 그를 건져 올려 줄 예수님이 있었다는 것이다. 난 없었다. 빠져도 돼. 빠지면 어때. 내가 있잖아. 바로 여기 네 앞에. 내가 널 구해 줄 수 있어. 말하며 날 안심시켜 줄 존재는 없었다. 두려움을 이기고 저편에 도달했을 때 수고했다고 위로해 주며 나를 안아 줄 존재는 없었다. 아무도 없었다. 신은 오히려 그럴 존재를 데려가 버렸지. 갑자기 울화가 치밀었다. 그래도 원망할 순 없었다. 원망하는 건 무서웠다. 엄마를 잃고, 숨 막히는 제웅의 집에서 밤이 되면, 혼자가 되면 너무 외로워서, 참았던 말이 너무 많아서 저절로 입이 열렸다. 그렇게 하루하루 짓이긴 내 마음을, 누구에게도 말할 수 없었던 내 슬픔을 홀로 중얼거렸던 것이 나에겐 기도였다. 내 유일한 숨통이었다. 예수님을 원망하는 건 내 숨통을 스스로 끊어 버리는 것과 같았다.

후다닥. 놀라게 하는 건 아무것도 없는데 저 혼자 화들짝 거리며 마지막 돌을 건너 땅 위에 올라섰다. 징검다리 끝에 사람은 여전히 없었지만, 그래도 오늘은 문자가 날 반겨 주었다. 바지 주머니에서 휴대전화를 꺼내 보니,

「오빠 나 내일 오빠 집 가」

은이였다.

## 11.

얘가 왜 이럴까 싶다가도 사실 그간 해온 것을 보면 또 그리 놀랄 일도 아니다.

작년 초겨울 꽤 소란스럽게 집을 나온 후, 처음 한 달 동안은 계속해서 계모에게서 연락이 왔다. 물론 중간중간 제웅의 연락도 섞여 있긴 했다. 인생에서 처음으로 감행한 가출이었으니 자존심 센 양반도 체면 때문에 마냥 버티기는 힘들었을 거다. 처음에는 익숙하게 으름장을 놓는 문자도 서넛 본 것 같다. 당장 들어오너라. 아버지 미치는 꼴 보고 싶으면 계속 밖에 있거라. 오늘까지 들어오면 아버지도 이번 한 번은 넘어가 주마. 이제

보니 네가 무서운 게 없는 놈이구나. 다시는 집에 들어올 생각하지 말아라. 뭐 그런. 뻔했다. 제웅은 딱 거기까지다. 늘 그 한계에 머물러 있다. 아들이 그런 겁박이 통할 나이는 한참 지났다는 사실을 모르는 채로. 아무튼 난 그들에게서 오는 연락을 단 한 번도 받지 않았다. 그저 가출한 지 이틀 정도 지나 계모에게 자발적으로 보낸 문자 한 통이 전부다.

「시골 제 집 와 있으니까 걱정 안 하셔도 돼요. 혹시나 찾아올 생각도 하지 마시고요. 그럼 저 정말 못 찾으시는 곳으로 가 버릴 거예요. 이제 아셨으니까 연락하지 마세요. 계속하시면 두 분 다 차단합니다.」

할 만큼 했다고 생각했다. 그 지긋지긋한 꼴을 마지막으로 이제는 정말 혼자 있고 싶었고. 혹여나 여기까지 쫓아와 혼자 있도록 내버려 두지 않는다면 미쳐 버렸을 거였다.

'이젠 내 마음대로야.'

마침 임용고시도 합격했던 터라 발령 날짜만 기다리고 있었다. 마치 하늘이 내 가출을 응원이라도 하듯 모든 일이 순조롭게 준비되어 갔고 아쉬운 것이 없었다. 무서운 것도 없었고, 누구의 도움도 필요하지 않았다. 인생의 스물일곱째 해에 비로소 스스로 일어설 수 있는 시기를 맞은 것이다. 이를 것도 없었다. 이십육 년이 어디 짧은 시간인가. 이십육 년을 한결같이 제웅의 집에서 군말 않고, 어긋나지 않고, 착실하게 제 할 일 하며 살았다. 그러니까 나 이제 좀, 내 마음 가는 대로 해도 되지 않느냐고. 그즈음은 지나치리만큼 자신에게 자격을 부여했던 것 같다.

그런데, 두어 달 지났을까.

「오빠. 나 은이인데, 내일 오빠네 지역 눈보라 심하니까 조심하라고 아빠가 전하라고 그러셨어. 내일 외출 조심해. 문단속 잘하고. 아빠가 전하라고 그러서서 문자 하는 거야.」

살면서 은이에게 처음 받아 본 문자였다. 자기네들의 연락은 정말 끝끝내 받지 않으니 정말 차단이라도 한 줄 알았는지, 이제 은이를 통해 문자를 하는 모양이었다. 그렇기에 여전히 답할 이유는 없었다. 여기에 답을 한다면 제웅에게 답을 하는 것 같았으니까. 그건 생각만

해도 짜증 났다. 그렇게 쉽게 풀릴 가벼울 마음이 아니었다. 그런데 이렇게 은이를 경유하는 듯한 요상한 문자는 한동안 계속되었다.

「오빠, 엄마가 오빠 먹고 싶은 거 없냐고 물어보서. 뭐 먹고 싶은 거 없어?」

「오빠, 엄마가 뭐 필요한 건 없냐고 물어보래.」

「오빠, 엄마가 오늘 오빠 집으로 반찬거리 보내셨어. 제육볶음이랑 새 김치랑 오빠 좋아하는 잡채랑. 엄마가 잘 데워 먹으래.」

「오빠, 요즘은 갑자기 배 아프고 안 그래? 엄마가 물어보라고 해서서.」

「오빠, 아빠가 태풍 조심하라고 나보고 계속 대신 전하라고 해서. 이번 건 엄청 크대.」

「오빠, 이번 주에 추석연휴 있는데 집에 안 오냐고 아빠가 물으시네. 안 올 거야?」

「오빠, 요즘 날씨 상당히 추워졌다고 엄마가 감기 안 걸리게 조심하래. 일교차 심하더라. 」

「오빠, 아빠가 요즘 몸이 좀 안 좋으신 것 같아. 티를 못 내서서 그렇지 아빠가 오빠 많이 보고 싶어 하셔. 엄마는 당연하고. 집에 한 번 오지 그래? 」

몸이 안 좋긴. 그 인간이? 그 연세에도 힘만 펄펄 살아서 다 깨부수고 다니는 인간인데. 속으로 콧방귀 끼며 휴대전화를 엎으려는 순간 곧이어 도착한 한 개의 문자가 빠져나가던 내 시야를 강하게 움켜잡았다.

「나도 보고 싶어 ㅎㅎ 오빠는 나 안 보고 싶나? 」

집을 나오면서 딱 한 가지 걸리는 게 있었다면 그건 다름 아닌 은이였다. 내가 없을 때 또 제웅이 제 어머니에게 발광이라도 하면 어떡하지. 그땐 누가 말리나. 하는 생각에서였다. 내가 없을 때 제웅이 줄 스트레스를 저 혼자 받게 될 거라는 데 생각이 미치면 영 마음이 찝찝했다. 걔도 이젠 스물여섯인데 다 컸지 뭐. 제웅도 저만큼은 끔찍이 아끼니까. 큰일이야 나겠어. 합리화하긴 했지만 혼자 편안히 지내다 보면 어떻게 지내고 있을지, 그 아이가 문득문득 생각나는 건 어쩔 수 없었다.

하지만 그것이 보고 싶은 거냐고 물으면. 아니, 우리가 보고 싶을 사이는 아니다. 저와 나는 십오 년을 한 지붕 아래 있어도 항상 겉돌았는데. 이렇게 문자를 주는 것도 어른들이 시키지 않았으면 안 했을 아이인데. 함께 살 때도 늘 곁다리로 나에게 말을 걸던 아이 아니었나. 그렇게 나와 섞이길 꺼렸던 아이가 무슨 나에 대한 정이 있을 거라고. 그런데 보고 싶다는 건……. 왜 이제 와서 그토록 덮어 왔던 걸 끄집어내려는 거지? 이런 직접적인 감정, 누구보다 피해 왔으면서. 곤혹스러웠다. 역시 아무 답도 하지 않았다. 할 수도 없었다.

답은 하지 못했지만, 아니, 답을 하지 못했기 때문일까, 그 문자는 그날 종일토록 나를 따라다녔다. 보, 고, 싶, 어. 라는 글자들이 의미 없이 풀어져 있다가도 어느새 한 데 뭉쳐 의미를 이루고 몽글몽글 머릿속을 떠다녔다. 성가셔서 휘휘 풀어헤쳐 놓으면 더 불어나서는 내 신경에 자꾸 와 닿았다. 그 부드러운 몸짓에 닿을 때마다 묘하게 가슴이 간질간질했다. 아. 곤혹스러웠다. 이런 건 익숙하지 않았다.

중요한 건, 그 문자가 어떤 시작점이라도 되듯, 거기서부터 모든 것은 사뭇 달라졌다는 거다.

「오빠, 날씨 너무 춥다. 따뜻하게 입고 다녀.」

더는 은이 옆에 엄마니, 아빠니 하는 초대받지 못한 손님은 없었다. 은이만 온 거다. 답을 할 구실이 생겼다.

「너도. 고마워.」

그렇게 나도 은이 앞에 섰다. 은이 앞에 나섰을 때, 내 꼴이 너무 못났다는 것을 깨달았다. 초라해 보이지 않기 위해 급히 옷매무새를 정리했다. 은이는 밝아 보였다. 더는 윤옥 뒤에 숨어 얼굴을 파묻고 있던 아이가 아니었다. 숨어 있었던 건 나였다. 아이는 자라서 오히려 내 손을 잡아당겼다. 그 힘이 어찌나 과감했던지 난 버틸 새도 없이 이끌려 나왔다. 차가운 바람에도 식을 틈 없는 뜨거운 전자기파들의 무대 너머, 어느 한 교점에서, 우리는 만났다.

그때부터 은이와는 짤막하게나마 연락을 주고받아왔다. 하지만 내일 은이가 온다는 건 갑작스러웠다. 내일은, 올만 한 날이 못 되었다.

「내일은 나 집에 없을 거야. 」

그러자 다라락. 3개의 문자가 연이어 왔다.

「알아. 오빠 어머니 산소 가는 거지? 같이 가. 우리
가 남도 아니고. 」
「암튼 나 내일 간다. 」
「내일 봐. 」

「그래. 내일 봐. 」

어떻게 알았는지도 모르고. 갈수록 과감해져 간다. 에
라. 모르겠다. 어떻게든 되겠지.

달이 환하다.

1부 마침.

양귀비의 꽃말은 위로, 위안이다. 많은 사람이 저마다 말할 수 없는 가슴 아픈 가정사를 가지고 살아간다. 그들을, 혹은 우리를 위로하고 싶었다. 겉으로 모나 보이는 사람도 우리가 알 수 없는 그의 이면에 그만한 이유가 있을 수 있음을 생각해 본다면 그리 미워할 이유도 없다. 누군가 그의 부족한 성품으로 나를 힘들게 할 때, '저렇게 될 수밖에 없었던 아픈 시간이 있을 수 있겠구나'라는 자비로운 생각을 발휘할 수 있다면. 너무 꿈같은 얘기일까.

쓰면서 참 힘들었다. 아직도 풀어낼 얘기가 많이 남았다는 사실이 짐처럼 여겨지기도 한다. 구원의 과거를 쓰면서 깨달았다. 역시, 과거에 얽매이는 건 괴로운 일이구나. 나도 씁쓸했던 기억들을 곱씹어 보게 되는 순간이 있었다.

나는 우리가 가엾다. 우리 모두는 저마다 춥고, 그늘진 시간을 보내왔다. 너무 미워하지 않았으면 좋겠다. 그저 그 사람을 위해 한 마디라도 기도할 수 있기를.

나도 기도하겠다. 세상의 구원, 세상의 은이, 세상의 제웅, 세상의 자인, 세상의 윤옥, 그리고 2부에서 등장할 세상의 승일이들의 아픔이 치유되기를. 과거의 상처에서 벗어날 수 있기를. 외로웠던 지난날들, 가시 돋친 마음까지도 감싸 안아 줄 사랑을 듬뿍 받을 수 있기를.

내가 혼자라는 것을 깨달았을 때, 나는 절망하기보다 오히려 위로하는 사람이 되고자 마음먹었다. 모두가 나와 같이 혼자일 테니. 모두가 이토록 외로울 테니.

당신이 사랑할 수 있다면 당신은 사랑받을 수 있다.

그것은 틀림없는 유리였어

별관 5층 복도는 태영만큼이나 으스스한 평판을 가지고 있었다.

"역시 저거 되게 수상하지 않아?"

고개를 푹 꺾고 있던 태영이 시집에서 고개를 들었다. 은테 안경 너머로 새카만 눈동자가 일정한 박자로 깜빡거렸다. 태영이 똑같은 문장을 재차 되풀이했다. 수명의 얼굴을 빤히 쳐다보던 태영은 이내 그의 어깨로, 팔꿈치로, 손가락 끝으로 시선을 옮겼다. 그곳에는 녹슨 자물쇠로 잠겨 있는 교실 문이 있었다. 하지만 수명이 진짜 가리키고 있는 것은 교탁 위에 놓인 화병이었다. 백합이 꽂혀있는 투명한 화병. 오랫동안 쓰지 않은 교실 속에서 같이 먼지가 쌓여가고 있는 풍경의 일부분.

아. 탄성인지 찬성인지 구분하기 어렵게 애매한 높낮이로 태영이 내뱉었다. 그리고 그것이 다였다. 태영은 읽고 있던 페이지로 되돌아가 독서를 재개했다. 대수롭지 않은 것을 보았다 라는 낯이었다. 수명이 태영을 안 지도 벌써 반년이 넘어가고 있었다. 봐서는 안 될 것을 보아서 꾸며내는 안온과 정말로 아무것도 아닌 것을 보았을 때 떠오르는 평온 정도는 어렴풋이 구분할 수 있다는 뜻이었다.

"적어도 네가 별로 관심 둘 만큼 대단한 것이 아니야."

옅은 한숨과 함께 태영이 덧붙였다.

"뭔가 있긴 한다는 거구나."

"수명아."

"네가 그렇게 부를 때면 나는 꼭 저속한 생각이 들더라."

반년 이상 알게 된 사이라는 것은 다른 것도 의미했다. 수명의 해석 여지 다분한 말에 더이상 허둥대지 않을 면역력이 키워졌다는 것. 책장을 넘기는 태영의 표정은 동요 하나 없이 단정했다. 수줍은 사람의 홍조처럼 새빨간 귀 끝을 제외한다면. 수명은 손을 뻗어 태영의 귓바퀴를 슬쩍 문질렀다. 맞닿은 살갗이 뜨거웠다. 한여름에 지글거리는 태양처럼. 기분 좋은 온도였다.

"역시 저거 이상한 거 맞지."

태영은 말이 없었다. 그는 읽고 있던 시집을 얼굴에 더 가까이 끌어당겼다. 수명의 어설픈 유도 신문에 넘어가지 않겠다는 결단이 비쳤다. 수명은 태영의 옆태를 물끄러미 응시했다. 이마를 덮은 새카만 머리카락, 다소 창백한 뺨과 별처럼 흩어져 있는 작은 점들, 패이거나 튀어나온 곳 없이 쭉 뻗은 콧날, 단단한 턱. 복도 창문 너머에서 쏟아지는 볕을 받는 태영은 왠지 반투명하게 보여 금방이라도 사라질 사람처럼 보였다. 두 발이 땅에 매여 있지 않고 한 뼘 정도 떠 있는 사람같이.

두 사람은 겨울이 완전히 가시지 않았던 오월 경에 처음 만났다. 수명은 미국에서 전학 온 화제의 인물이었고, 태영은 그때 이미 불길한 일들을 몰고 다니는 애로 전교에 소문이 퍼져있었다. 급우들은 물론 심지어 선생

들조차도 태영을 내심 꺼렸다. 소문의 진위성과는 상관
없이 그의 눈이 문제였다. 여타 십 대 소년에 비해 지나
치게 차분하고, 성숙하고, 끝없이 가라앉은 눈빛. 사람들
은 태영의 시선 아래서 검은 파도에 몸째 집어 삼켜지
는 듯한 오싹함을 느꼈다. 반면 수명은 태영의 두 눈은
마치 흰 눈이 내린 고요한 대나무 숲 같다고 생각했다.
저곳에 내 발자국을 마구 새기고 싶다, 고 이어 생각하
기도 했다.

"저 백합은 왜 시들지 않을까."

"호기심은 고양이를 죽인다잖아."

"난 고양이가 아니잖아."

게다가 대단한 것은 아니라고 했으니 나를 죽이기까지
하겠어? 수명이 어깨를 으쓱했다. 그의 웃음기 섞인 문
장이 텅 빈 공간을 타고 메아리쳤다. 이 고등학교에서는
소문이 무성한 것이 두 개 있었다. 첫 번째는 알다시피
백태영이었고, 두 번째는 5층 복도였다. 수명과 태영이
지금 존재하고 있는 이 곳. 별관 5층 복도는 태영만큼이
나 으스스한 평판을 가지고 있었다. 설계도엔 존재하지
않는 교실이 하나 더 존재한다거나, 음력 초하룻날만 되
면 폐쇄된 교실에서 그림자가 비친다거나, 선배 중 한
명이 혼자서 이곳에 올라왔다가 일주일이나 지나서 발견
되었는데 정작 본인은 몇 분 정도만 흘렀다고 인지하고
있었다더라 같은 소문들이 재학생들 사이에서 둥둥 떠다

넜다. 그 탓에 5층 복도는 왁자지껄할 점심시간이었음에
도 둘을 제외하곤 인기척 하나 들리지 않았다. 그 덕에
수명과 태영은 자주 이곳을 도피처 삼아 오랫동안 머물
렀다. 하이틴영화에 나오는 것처럼 서로의 손을 잡고 옥
상에 들락날락하고 싶다는 로망도 잠시 있었지만, 그곳
은 이미 애새끼들 때문에 지친 선생들의 담배 쉼터로
선점된 지 오래였다.

한 번 수명은 태영에게 물은 적 있었다. 정말 소문대
로 그런 일들이 일어났을까. 태영은 한참 동안 긍정도
부정도 표시하지 않은 채 주위를 둘러보았다. 태영을 에
워싼 대부분의 수근거림은 무료한 이들의 혀 놀림에 불
과했지만 개중에는 정확한 것도 두어 개 정도 있었다.
이를테면 그가 사람 틈바구니에서 유령들을 본다는 소문
같은 것들.

수명아. 나는 기묘한 것들을 봐.

… ….

그리고 기이한 상황들은 나를 자석처럼 따라다녀.

….

나와 다니면 너도 옮아버릴 거야.

나는, 태영아, 그런 건 상관없어.

…그렇구나.

응.

그때 태영은 모두가 떠난 운동장에서 이렇게 고백했었

다. 멀리서 타종 소리가 들려왔다. 누군가 억지로 테이프를 길게 잡아 늘인 것처럼 아주 느릿느릿하게. 태영은 거의 속삭이듯이 말하고 있었다. 주먹을 움켜쥔 손마디가 백지장처럼 질려 있었다. 그날은 수명이 쉬는 시간에 주먹다짐을 하다가 교무실에 불려가 반성문을 쓰고 나오던 오후였다. 태영을 향한 숱한 적대 중에서도 정말로 날카롭게 가시를 세우던 애가 있었다. 그럴 때마다 태영은 늘 그 애의 적의를 조용히 감내하기만 했다. 쉽게 울컥하고 흥분하는 건 오히려 수명이었다. 여느 때처럼 태영은 창가 자리에서 어깨를 구부정하게 늘어트리고 책을 읽고 있었고, 수명은 옆에 비스듬히 앉아서 그 모습을 구경하고 있었다. 불량한 자세가 어쩐지 꼭 미인한테 수작을 거는 건달 같은 모양새였다. 그러다 누군가 내뱉었다. 기분 나쁜 새끼. 교실이 아수라장이 되는 것은 순식간이었다. 책걸상이 아무렇게나 밀쳐져 있었고, 수명은 한 손으로 목소리 주인의 멱살을 움켜쥐고 있었다. 상대방은 숨이 막히는지 밭은기침을 내뱉었지만 조금도 겁먹은 기색이 없었다. 둘 중 누구도 물러섬 없이 팽팽하게 대치했다. 상대방이 무어라 더 비아냥거렸다. 말릴 새도 없이 수명이 주먹을 날렸다.

"이미 말했잖아. 별거 아니라고."

"개화 시기도 지난 백합이 몇 달째 시들지가 않잖아. 그리고 여기가 평범한 곳도 아니고."

"누군가 매일 새 꽃으로 바꾸고 있을 수도 있잖아."

"우리 말고 혼자서 여기에 오는 간 큰 애가 있을 거 같아?"

정말 소문대로 그런 일들이 일어났을까에 대한 질문에 태영은 침묵 끝에 그렇다 라고 했었다. 오랫동안 사람들 한테서 버려지거나 단절된 공간은 중심축이 뒤틀려버린 다고, 그러니까 정말로 그런 일들이 일어날 수도 있다고 조용히 답했다. 별관 5층은 2000년대 초반을 제외하곤 근 십여 년간 쓰인 적이 없었다. 입학생들은 매해 줄어 들고 있었고, 한 반에 사십 명이 넘는 시절도 아니었다. 굳이 별관 5층의 교실들을 개방할 이유가 없었다. 새로 운 교장이 부임할 때마다 공간의 재활용건이 활발하게 검토되었지만, 계획이 한 번도 실제로 실행된 적은 없었 다. 저마다 이유는 다양했지만 일정 시간이 지나면 교장 들은, 전대가 그랬던 것처럼, 임기가 끝날 때까지 그곳 을 방치했다. 그러는 동안 교실 문에 달린 철 자물쇠들 은 천천히 부식되어 갔다.

"그렇게 궁금하면 들어가 보든지."

책을 덮으며 태영이 말했다. 안경 렌즈에서 빛이 튀었 다.

"만약에 열쇠가 있다면 말이야."

열쇠. 수명이 입안에서 읊조려 보았다. 그건 5층 복도 를 관통하는 또 다른 미스터리였다. 아무도 5층 교실의 열쇠를 가지고 있지 않았다. 행정실 직원도, 벌써 몇십 년 동안 공구로 애들의 자물쇠를 따주시는 분도, 누구도 그곳의 열쇠만큼은 행방을 알지 못했다.

수명은 교실 문 앞에 섰다. 갈변한 자물쇠는 금방이라도 바스러질 것처럼 오래된 유물처럼 보였다. 만지고 싶은 마음이 시시각각 휘발되어 갔다. 수명은 문짝에 달린 유리창으로 다시 한번 내부를 힐끔거렸다. 아무도 들어갈 수도, 나올 수도 없는 교실에서 시들지 않는 백합. 분명히 무언가 있었다. 있는 게 분명한데. 자물쇠를 맨손으로 만졌다간 파상풍에 걸릴지도 몰랐다. 수명이 답답함에 이마로 문을 한번 쿵 박았다. 그러자 어이없게도 자물쇠가 툭 하고 떨어졌다. 수명이 태영을 뒤돌아보았다. 미묘한 표정이었다.

교실에서는 케케묵은 냄새가 났다. 오랫동안 정체된 공기가 수명의 어깨를 무겁게 짓눌러 왔다. 긴 시간 동안 사람의 발길이 닿지 않은 곳임은 분명했다. 기물들 표면 위로 두껍게 쌓인 먼지들이 그것을 증명하고 있었다. 문제의 백합은 목이 긴 유리 화병에 담겨 있었다. 얼룩덜룩한 창문에서 용케 햇빛 한 줄기가 비집고 나와 백합을 비추고 있었다. 연극 무대에서 핀포인트 조명을 받는 주연배우처럼. 그렇다면 이다음 씬은 클라이맥스였다. 수명은 백합을 향해 손을 뻗었다. 모든 흐름이 느려졌다. 꽃의 감촉이 선명하게 감겨왔다. 심수명은 별안간 크게 웃어대기 시작했다.

"조화였구나."

뻣뻣하고 메마른 조화의 감촉이. 한순간에 맥이 풀렸다. 백합이 몇 달 동안 시들 낌새를 보이지 않았던 이유는 인간의 지성으로는 이해할 수 없는 어떤 괴이한 이유 때문이 아니었다. 그저 그것이 조화였기 때문이었다. 섬유조각과 플라스틱으로 만든 가짜 꽃이었기 때문에. 내내 열의 없던 태영의 태도가 퍼즐 맞추듯이 이해 가는 순간이었다. 긴장이 풀린 탓인지 수명은 교탁에 비틀대며 기대어 섰다. 그는 태영을 향해 고개를 돌렸다. 태영은 애매한 안색이었다. 비웃으려면 마음껏 웃어. 수명이 기운 빠진 목소리로 말했다.

그렇지만 태영은 웃지 않았다. 그는 대신 진지한 눈으로 화병을 살피고 있었다. 이음매 없이 매끈하고 둥근 곡선을 그리고 있는 유리병을. 태영이 그것을 집어 올리려는 순간이었다. 교탁이 수명의 무게를 이기지 못하고 기우뚱했다. 그 탓에 누구의 손에 단단히 들려 있지 않았던 화병이 옆으로 쓰러지더니, 결국엔 추락했다. 수명은 뒤이어 들려올 소식에 대비하듯 두 눈을 질끈 감았다. 이때까지 잔잔하던 태영조차도 낙하하는 장면에 입술을 깨물었다.

그러나 몇 초가 흘러도 쨍그랑하는 소리는 들리지 않았다. 되레 물소리 비슷한 것이 들렸다. 수명이 눈을 떴다. 산산조각이 나 이리저리 골편이 흩어져야 할 화병은 바닥에 닿자마자 물처럼 변해 있었다. 영문을 알 수가 없었다. 수명이 평범한 물웅덩이로 보이는 곳에 손을 가져다 대었다. 따끔하는 느낌과 함께 검지에서 피가 흘러내렸다. 깨달음이 번개처럼 내리꽂혔다. 첫 단추부터가 틀렸었다. 처음부터 수명은 수상한 대상을 잘못 상정하고 있었던 것이다. 이상한 것은 백합이 아니었다. 정말로 이상한 것은 이 꽃병이었는데. 태영이 말했다.

"시시하다고 했잖아 내가."

그것은 틀림없이 유리였다.

이 글을 읽고 계신다면 저는 원고를 넘기는 데 성공했다는 뜻이겠죠. 구구절절하게는 쓰지 않을게요. 수명이랑 태영이는 고등학교 여름방학 보충수업 때 떠올린 애들입니다. 아직도 그 순간이 기억이 납니다. 모두가 엎드려서 자는 바람에 기묘하게 고요했던 교실과 서늘한 에어컨 바람을 맞으며 공책에 기록하던 순간들 같은 것들이요. 그것도 벌써 오래전 일이네요.

사실 원래 기획했던 이야기는 수국을 둘러싸고 수명이 태영에 대해 이상한 꿈을 꾸는 것으로 시작해, 태영의 정체에 대해서 밝혀가는, 일명 미스테리호러쇼크로맨스 단편이었습니다. 그렇지만 제 역량이 거기까진 안 되더라고요. 그래서 지금의 〈그것은 틀림없는 유리였어〉가 탄생했습니다.

사실 하반기엔 개인적으로 일이 많았습니다. 특히나 10월에는 글을 조금도 쓸 수가 없었어요. 12월에 들어서야 겨우 키보드를 다시 두드리게 되었고요. 집필 내내 가진 것을 전부 쥐어짜는 심정이었네요. 이전에 써왔던 스타일과는 분명한 차이가 있지만 그래도 재밌게 읽어주셨으면 좋겠습니다.

Enlightenment

그들의 계몽, 그리고 우리의 계몽

매번 빨랐다. 고등학교 졸업반의 해는 눈 깜짝할 새에 지나갔다. 이번에도 시작한 지 얼마 되지 않은 것 같았는데 벌써 입시가 끝나고 방학식까지 찾아왔다. 매년 초에는 그 끝이 보이지도 않는데, 어느새 시간은 그해의 단락에 접어들고 있다. 열심히 앞만 보고 달리기 때문일까. 문제집이 펼쳐진 책상에 고개를 처박고 앉아 있으면 시간은 순식간에 지나갔다.

졸업반의 시작은 고교 2학년 직후의 겨울 방학부터다. 3월에서야 1학기가 본격적으로 시작되지만, 예비 졸업반에게 겨울 방학은 매우 중대한 시작점이다. 입시에 관련된 온갖 자료들을 수집하고 앞으로 배울 내용에 대한 선행 학습을 마쳐야 한다. 혹독한 겨울 방학을 거치고 돌아오면, 치열한 입시 경쟁이 기다리고 있기 때문이다.

입시 경쟁은 꼭 경마 같다. 총성이 울리면 다들 앞만 보고 달리는 말처럼 몸에 힘을 잔뜩 주고 결승선을 향해 질주해 나가기 때문이다. 심지어 몇몇 주자들은 간혹 긴장감에 뻣뻣해진 몸을 주체하지 못하고 시작하자마자 고꾸라지기도 한다. 그들을 보고 있는 부모들은 마치 관람객이라도 된 듯하다. 돈을 내걸고 자신의 자녀가 우승하길 기대하는 꼴은 경마장의 도박꾼들과 다름이 없어 보인다.

이처럼 치열한 경주가 시작되면 매해 초반은 자연스레 어수선해지곤 한다. 이런 상황에서 꿋꿋이 자신의 호흡을 유지하는 주자들은 어느새 선두를 다투며 긴장감을 놓치지 않지만, 반면에 하위권 주자들은 원동력을 잃고 자신을 추월하는 경쟁자들과의 격차에 순응하며 완주하는 데에 그친다. 이렇게 낙오된 학생들은 종종 당근 쫓는 당나귀 따위에 비유되어 다음 해 후배들에게 반면교사의 역할을 착실히 수행하게 된다. 벌써 다섯 번째 졸업을 준비하고 있다 보니, 이러한 상황들이 반복적으로 나타나는 것도 알게 되었다. 이를 통해 깨닫게 된 점도 있는데, 웅대한 자연의 성질이 우리 작은 인간들의 삶에도 잘 녹아 있다는 것이었다.

계절은 끊임없이 순환한다. 매해 여름은 정말 뜨겁지만, 시간이 지나 겨울이 되면 처음의 열기는 온데간데없이 찬바람을 타고 날아가 버린다. 하지만, 언젠가 다시 열기가 피어오르면 여름이 찾아오고, 당연히 겨울도 돌아온다. 이러한 자연적인 순환은 사람의 마음가짐에도 적용된다. 사람들은 처음엔 열정에 불을 지피며 격렬하게 나아가지만, 추운 겨울이 오듯 열정도 점차 식어가면서 내면의 온도도 결국 낮아진다. 사람의 열정도 결국 자연적인 순환을 따르며 끓고 식기를 반복한다는 것이다.

이 열정은 깡통과도 비슷한 성질을 가진다. 깡통은 급격한 온도 차를 겪으면 찌그러지며, 그렇게 생긴 주름은 선명하게 남아 지워지지 않는다. 사람의 열정도 지속적으로 온도 차를 겪으면 점차 뭉개지고, 원래 모습으로 쉽게 돌아오지 않는다. 찌그러진 캔은 다시 쓸 수 없듯이 인간의 일그러진 열정도 다시 쓰기란 어려운 일이다. 그래서 열정은 계절의 순환을 거칠수록, 온도 차를 겪을수록, 나이가 들수록 무용지물에 가까워지는 것이다. 극한의 온도에 다다른 열정은 실패로 인한 찬바람을 맞으면 처참히 찌그러질 수밖에 없다. 입시 실패를 겪은 학생들이 다시 일어서기까지 고된 과정을 거치게 되는 것도 이런 까닭이다. 이처럼 인간에겐 자연의 속성들이 담겨 있다.

입시에 치여 의욕을 잃은 학생들이 대충 현실에 안주하며 열정을 잊고 사는 것만큼 비참해 보이는 꼴이 또 없는 것 같다. 이런 학생들에게 새로운 여름이 찾아오면 그들은 작렬하는 태양 빛을 피해 빛이 안 드는 컴컴한 곳에서 또 다른 겨울을 기다리기만 할 뿐이다. 열심히 노력한 만큼 쫓던 것에 가까워질 수 있다면 좋으련만, 오히려 간절히 바라는 만큼 실패의 후폭풍이 크게 다가

오니, 현실이 더욱 무색하게 느껴질 따름이다.

　오늘 12월 31일은 졸업을 앞둔 학생들의 마지막 방학식이다. 교실에선 담임 선생이 방학식을 마무리하고 있다. 내일이면 성인으로서 새로운 인생을 살게 되기에 사실상 학생들에겐 졸업식과 다르지 않았다. 뻔한 마무리, 형식적인 인사, 매년 봐도 너무 진부한 절차들이지만, 이 모든 것들을 마지막이라고 생각할 학생들은 괜히 아쉬운 마음이 느껴질 것이다. 방학식이 끝나갈 때면, 특별한 행사가 진행된다. 더는 필요 없을 책들을 모두 태우고 새로운 마음으로 시작하게 해줄 소각식이 바로 그 행사였다. 목표를 이룬 학생들은 그동안의 신산이 잔뜩 묻어 있는 책들을 소각장에 모아 하나둘 태우기 시작한다.

　자신이 원하던 목표를 성취한 학생들이 주도하는 이 행사는 틀림없이 밝고 유쾌한 분위기로 진행되리라 생각될 수 있지만, 보통은 그렇지 않다. 불 앞에 선 학생들은 대부분 책을 던지며 한숨을 내뱉었다. 이제까지 총 다섯 차례의 소각식을 봐왔지만, 저 불 앞에서 허무한 표정을 짓지 않은 학생들이 없다는 사실은 남다른 메시지로 다가왔다.

불편한 진실은 언제나 반전을 동반한다. 저 표정에 대한 진실도 나름의 반전을 숨기고 있다. 사실은 저 승자들도 남들 모르게, 어쩌면 자신도 모르게 엄청난 온도차를 겪고 있다는 것이다. 성공으로 남은 학교생활 끝엔 묵직한 승리감이나 희열보다는 꽤나 가벼운 감정이 들곤한다. 처음엔 자신의 승리를 실감하질 못해서 그런 것일까 생각하지만, 결코 그런 이유 때문이 아니다. 졸업생들은 모두 끝이 나고서야 지금껏 무엇을 해왔던 것인지 처음으로 돌이켜본다. 성찰 끝엔 확실한 행복과는 거리가 먼 허상적인 행복을 발견한다. 이내 "그래, 이게 맞는 거야."라고 단정한다. 다행히 그런 결론은 열정의 연명을 도와주지만, 반면 역설적으로 그것은 지속적인 희생으로 이어질 뿐이다. 이른바 '열정 고문'이다.

소각장 한 편에 그녀가 서 있다. 그녀는 이번 의뢰를 받은 초창기부터 꽤 독특하다고 생각했다. 묻는 말에 대답하는 것 외에는 아무 말도 하지 않았고 항상 무표정이었다. 나름 비즈니스인 만큼 냉철하게 학생들을 다뤄왔는데, 이번만큼은 부담스러울 정도로 분위기가 차가워서 꽤나 고생스럽기도 했다. 그녀는 굳이 별다른 사교육이 필요하지 않을 정도로 훌륭한 성적을 유지했지만, 그녀의 아버지는 매우 철저하게 그녀를 끌고 가길 원했다. 이렇게 일거수일투족을 다 감시할 수 있도록 허락한 사람도 그녀의 아버지였다. 그녀 역시 안타까운 열정 고문의 피해자였다.

그녀도 소각식에서 아무 표정 없이 서 있다. 다만 다른 학생들과는 남다른 공허함이 묻어나오는 것 같다. 단순히 무표정이라는 표현은 턱없이 부족할 정도로 그녀의 표정은 텅 비어 있다. 시선은 불을 향한 채 얼어버린 듯 굳어 있다. 책을 태우는 불길은 줄어들 기미가 보이지 않는다. 책이 다 타서 거멓다 못해 허연 재가 되어가고 있다. 바람이 불면서 새하얀 잿가루가 날리더니 이내 그녀의 검은 교복에 붙기 시작했다. 그때, 날리는 잿가루의 상은 불에 비친 그녀의 눈동자에 맺혀 있었다.

그녀를 가만히 보고 있으면 별 한 점 없는 아주 컴컴한 우주에 있는 것 같았다. 그녀의 눈은 허전함이나 쓸쓸함의 감정보단 공허함이 더욱 어울렸다. 어쩜 사람이 저리 차갑고 어두울까 싶었다. 그녀의 이름만큼이나 그녀는 정말 딱 우주 같았다. 다만, 텅텅 빈 우주. 갑자기, 그녀의 오른쪽 눈이 질끈 감기더니 눈물을 뱉어냈다. 눈에 재가 들어간 모양이다. 새하얀 재가 검은 눈동자에 붙어 버린 것이 마치 아무것도 없던 깜깜한 우주에 별하나가 나타난 듯했다. 우주의 눈물은 특별하게 느껴졌다. 우는 모습을 처음 봐서였을까.

우주의 아버지는 대를 이어 내려오는 기업의 회장이다. 그는 그 회사를 철저하게 운영하는 완벽한 비즈니스맨으로 정평이 나 있었다. 동시에 성격은 특히 한 치의 빈틈도 허용하지 않는 냉혈한으로 유명했다. 그런 그가 자신의 딸에게 행사하는 집착은 어마어마했다. 그에게 주어진 딸 하나마저도 완벽하게 키워내겠다는 빡빡한 욕심은 전례 없는 엽기적인 양육 방식으로 표출되었다. 그녀가 개인적인 목표 없이도 여기까지 올 수 있었던 것은 오로지 아버지의 야심 때문이었다.

방학식이 끝나고, 멀리 허탈하게 걸어 나오는 학생들이 보이기 시작했다. 무거운 맘을 이끌고 힘겨운 걸음으로 교문을 향하고 있었다. 이제야 학교생활의 긴장이 풀리면서 학업 스트레스의 마취도 풀려가는 듯했다. 진통 효과가 끝나고 그동안의 밀린 고통을 느끼기 시작했는지 걸음들에 영 힘이 없다.

교문 앞은 호화로운 차들로 금세 꽉 찼다. 차들이 줄을 세워 순서대로 학생들을 태우고 있는데, 특이하게도 모두 까만 차들이었다. 다들 검은 정장에 검은 구두까지 착용하고 온 것이 마치 장례식장을 방불케 했다. 검은색 외제 차, 검은색 양복과 구두 차림의 운전기사, 게다가

학생들의 검은색 교복까지, 자본주의 사회 속에서 과시를 상징하는 표본들이다. 우주가 생각났다. 저기 천천히 우주도 나오고 있었다.

/

우주를 태우고 집으로 데려다주는 길에 갑자기 우주가 웅얼대며 말을 걸었다. 우주의 목소리는 오랜만이었다. 다른 곳에 집중하면서 말을 놓치는 바람에 재차 물어보니, 차를 세워 달라는 말이었다. 흔치 않은 부탁을 갑작스럽게 들은 탓에 차를 바로 세워주었다. 가방을 주섬주섬 챙기고 내리더니 집 반대 방향으로 걷기 시작했다. 원칙대로라면 돌발 상황을 원치 않는 그녀의 아버지 때문이라도 곧장 집에 데려다 놔야 했지만, 간만에 일찍 끝났으니 바람 좀 쐬게 놔두고 싶었다. 잠시 우주를 바라보다가 문득 어딘가 달라졌다는 생각이 들었다. 평소의 힘없이 걸어 다니던 모습과는 사뭇 다르게 느껴졌다. 그러고 보니, 우주가 처음 틀에서 벗어난 광경이었다.

교육열이 가장 높은 도시로 유명한 서울이 바로 그녀가 사는 도시였다. 서울 내에서도 특히나 교육 여건이 좋은 동네가 몇 있었는데, 이를테면 대치, 목동, 중계, 분당 등이었다. 근데, 그것도 이젠 옛날 말이지, 요즘은

이 동네가 최고의 학군으로 부상했다는 건 모두가 다 알고 있는 사실이다. 10년 전에 '엘도림'이라는 신도시가 생겨나면서 서울 학군의 판도는 완전히 뒤집혔다. 엘도림은 국가의 새로운 정책이 시행될 신도시로 선발되어 무서운 성장력으로 근 4년 만에 국내 교육성취도, 문화적 영향력, 상업 및 경제 성장률, 의료 산업 등에서 1위로 자리 잡았다. 여기서, 새로운 정책이란 우리나라 고위 계층의 자녀를 최고의 리더로 성장시키기 위한 도시개발 정책을 말하는 것이었다. 어쨌거나, 이곳 엘도림이 바로 그녀의 집이었다.

엘도림의 개발 정책에서 가장 특별한 점은 국내에서 엘도림의 개발을 1순위로 고정하는 동시에, 주민들의 의견과 돈만 충족되면 무엇이든 대부분 시행케 할 수 있다는 것이었다. 다음 세대의 엘리트가 될 학생들의 교육환경을 최고로 만들겠다는 명목이었다. 황금향의 도시 엘도라도 『El Dorado』에서 따온 이름답게 자본주의를 적극적으로 활용할 수 있는 도시였다. 다양한 정치인, 사업가 등, 잘 나가고 돈 많은 사람은 모두 이 도시로 몰려들었고, 우주의 아버지도 회사를 이곳으로 이전하면서 가족과 함께 이곳으로 이사를 왔다. 우주의 아버지를 비롯한 엘도림의 상위 엘리트들은 무엇보다 엘도림의 성장에 노력을 가했다. 엘도림의 성장이 곧 그들 자손의

번창과 이어졌기 때문이었다. 그러한 이유로 엘도림은 6년 전부터 꾸준하게 대부분의 분야에서 선진적인 흐름을 잡고 있었으나, 아이러니하게도 엘도림의 건설 목표이자 목적인 인재 양성이 이루어지기엔 너무나도 삭막한 곳이라고 생각했다.

언젠가 이황의 서원론에 대해 들어본 적이 있다. 고교 시절에 유교를 공부하면서 이황 선생의 교육론을 배웠던 것 같다. 이황은 조선의 공교육을 비판하며 새로운 교육관을 설립했다. 당시의 공교육이 과거제로 인재들을 뽑아 쓰는 것에 중점을 두면서 극심한 출세주의적 풍조에 빠져들었기 때문이었다. 이황은 새로운 교육 기관인 서원을 직접 설립하면서 산 좋고, 물 좋고, 공기 좋은 풍수지리 명당만을 찾아 터를 잡았다. 제자들에게 조용하고 평화로운 곳에서 세속적인 욕망과 거리를 두고 순수하게 학문에 임하며 참된 지식과 성품을 함양할 기회를 제공하고자 했던 것이었다.

현재 대한민국의 공교육 역시 날로 출세주의 바람을 불러일으키고 돈 중심적 사고를 유발한다. 초등생들은 그들의 장래 희망을 축구선수, 요리사, 대통령, 화가, 경찰 등으로 다양하게 설정한다. 그러나, 고등학생까지의 과정을 거치면 그들의 꿈은 대부분 돈을 잘 버는 것으로 통일된다. 어른들은 아이들에게 현실이 아닌 돈 중심적 사고를 주입한다. 발명가를 꿈으로 갖는 아이의 부모는 그의 자식에게 "변호사는 어때? 의사는 어때?"라고 물어본다. TV에선 성공을 강조하고 미디어에선 온갖 숫자를 들이밀며 시장 원리를 교육한다. 이황이 깊은 산중에 학교를 세운 이유를 너무나도 쉽게 이해할 수 있다.

/

암울한 사회에 비판을 쏟아붓는 와중에 시간은 20분이나 지나 있었다. 생각에 잠겨 우주는 안중에도 없었다. 백미러를 보니 우주는 햇빛이 드는 길목에 가만히 서 있었다. 어디에 꽂힌 건지, 아니면 감상에 빠진 건지, 날씨도 추울 텐데 코가 빨개져 가면서도 돌아오지 않았다. 한참 동안 돌아오지 않을 것 같았다. 오늘 우주는 확실히 다르다. 우주가 어둠에서 빠져나와 신념이 생기고 밝아지는 것 같았다. 어린 시절을 기억나게 했던 우주가 새롭게 변해가는 게 좋았다. 계속 변화해 나가길, 성장해 나가길 바랐다.

젊은 부유층이 사회의 새로운 리더로 자리매김하면서 생기는 문화적 현상은 엘도림에서 매우 뚜렷이 나타났다. 그들은 엘도림의 물질주의적 시스템을 가장 잘 활용

했고, 도시 전체를 값비싼 고층 건물로 채워 나가기 시작했다. 도시엔 싸늘한 잿빛이 돌았고, 빽빽하게 들어찬 건물들은 숲에 갇힌 전경을 연상시켰다. 건물의 개수가 개수인 만큼 일자리도 넘쳐났다. 하루에도 몇 번씩 주간 노동자들과 야간 노동자들이 물갈이하듯 밀려 들어오고 나가기를 반복했다. 이 도시는 24시간 동안 거의 쉬지를 않았다. 도시는 숨 돌릴 틈 없이 바삐 돌아갔고, 오로지 효용성만이 최고 가치로 남아있었다.

거대한 해일처럼 이동하는 유동인구만큼, 왕복하는 차들의 매연은 도시를 꽉 채웠다. 골칫거리가 된 매연에 고통을 호소하는 주민들은 엘도림의 시스템을 적극적으로 활용하여 이 문제를 해결했다. 이들은 도시 곳곳에 막대한 수의 공기 청정기를 설치했고, 모든 건물의 창문은 미세먼지 차단 망으로 도배했다. 매연을 해결하고 나니, 이젠 교통체증의 심화도 해결하고자 횡단보도를 없애고 육교나 지하도를 설치했다. 돈을 벌기 위해 건물을 세우고 그로 인해 발생한 부작용을 돈으로 덮고, 그 부작용으로 발생한 또 다른 부작용을 돈으로 덮어 대는 순환이었다. 지속적으로 돈에 돈을 덮는 순환은 엘도림뿐만 아니라 인간의 가치도 기계화하고 있었다.

엘도림의 국내 경제력 1위 달성은 효용성 중심으로 발

전되어 가는 도시의 회색빛이 증명하고 있었다. 이번에는 어릴 적 학교에서 봤던 영화 한 편이 떠올랐다. 찰리 채플린 감독 및 주연의 『Modern Times』였다. 그 영화에선 인간의 최대 업무 효율을 끌어내기 위해 자동으로 양치시켜주는 로봇, 밥 먹여주는 로봇 등을 개발했다. 엘도림 역시 노동자들이 처리할 수 있는 업무량을 늘릴 수 있도록 그들의 환경에 전폭적인 개선을 이루고 있었다. 이러한 개선은 삶을 편리하게 함으로써 인간의 가치, 존엄성을 증진하는 것처럼 보일 수도 있지만, 사실은 되려 그들을 단순히 노동력으로 환산하고 작업 도구로 여기는 비인륜적 태도에 기반한 것이었다.

영화 평론가들은 찰리 채플린이 기계의 부속품이 되어버렸다고 표현했다. 인간의 기계화였다. 엘도림의 노동자들도 다르지 않았다. 업무로 꽉 찬 스케줄과 반복된 일상, 자유가 제한되고 점차 고통으로 다가오며 이들은 신경 쇠약의 단계로 접어든다. 어린 시절의 과학 잡지에서 나온 미래도시는 현대사회의 지향점과는 거리가 멀어 보였다. 당시의 미래 도시의 희망찬 모습은 엘도림의 어느 부분에서도 찾아볼 수 없기 때문이었다. 푸른 하늘을 나는 전기차와 열차, 호버보드를 타며 행복해하는 사람들, 흰색의 밝은 도시, 모든 아이가 꿈꾼 도시였다. 정작 매일같이 비판하고 풍자했던 모던타임즈 같은 현실이 가까워져 오고 있었다.

엘도림의 학교들 역시 도시의 분위기와 다를 수 없었
다. 학생들은 성적을 위해 살아갔으며, 그것만이 그들에
게 주어진 유일한 목표였다. 엘도림과 인간의 기계화를
주도한 사람들은 이 세대의 리더이면서 엘도림 내 학교
의 학부모이기도 했다. 그들은 자신의 자녀도 기계처럼
굴리기 십상이었다. 자녀들은 부모에 의한 기계화를 통
해 쉽게 학업성취도를 올릴 수 있었지만, 결국 그들의
부모와 다를 바 없이 돈을 사고방식의 척수로 삼게 됐
다. 돈 중심적, 물질주의적 사고의 대물림은 그렇게 계
속되어 왔다. 극자본주의의 도시인 엘도림에서 모든 것
을 보고 듣고 배운 학생들은 경제 관념에 사로잡혀 자
신의 사회적 경쟁력을 올리기 위해 살아갈 뿐이었다. 인
간이 필수적으로 가져야 할 일말의 존엄성조차 박탈되어
인간의 기계화로 인해 사라지고 있던 것이다. 우주의 공
허함이 이해되는 순간이었다. 아 맞다, 우주.

백미러로 우주가 서 있던 쪽을 봤다. 어? 우주가 없
다. 저기 분명 서 있었는데 사라졌다. 차에서 내려 주변
을 돌아봤다. 없었다.

5분이 지나서야 정신을 차리고 상황을 파악했다. 우선

우주를 쫓아가야 한다. 지금까지 걷고 있다면 꽤 멀리까지 갔을 텐데. 다행히 길은 복잡하지 않아서 우주보다 속도가 빠르면 금방 잡을 수 있을 것이다. 그녀가 갈 만한 곳이 있는가. 온종일 학교와 학원과 집만을 순회했다. 그녀가 따로 찾던 곳도 없었다. 그냥 무작정 돌아다녀 보기로 했다. 아까부터 우주가 평소랑은 다르게 느껴지더라니, 벌써 일이 터지고야 말았다.

/

이 속도로 30분을 뛰었는데 아직도 보이질 않는다. 예상대로라면 우주를 이미 따라잡고도 남았다. 날씨도 추우니 어디에 들어가 있는 건가? 급하게 이곳저곳 돌아다니는 도중, 저 멀리 작은 꽃집 하나가 보였다. 아니, 꽃집이라기보단 예전 졸업식 날 학교 앞에서 흔히 볼 수 있었던 작은 노점상이었다. 지나다니는 사람은 많았지만, 꽃에 크게 관심을 가지는 사람은 없었다. 다들 어딘가로 바쁘게 향하고 있었다. 그 와중에 우주로 보이는 사람이 있었다. 우주라고 생각한 이유는 단지 저렇게 가만히 서 있는 모습이 익숙하게 느껴졌기 때문이었다. 꽃을 사려는 건지 진열대를 한참 보고 있다. 사람들이 지나다니면서 어깨를 부딪쳐도, 금세 자세를 고치고 꽃을 고르고 있다. 저 인파에 휩쓸릴 법도 한데, 잘 버티고

서있다. 남들이 가는 똑같은 길을 거부하고 굳건히 자신의 길을 선택한 것이다. 자신만의 길을 갈 준비가 되어 있는 것처럼 보였다.

가까이 다가가니 역시나 우주였다. 우주는 내가 온 지도 모르는 눈치다. 볼이 빨개져 있는 걸 보니 빨리 따듯한 곳으로 데려가는 것이 좋겠다고 생각했다. 날씨가 얼마나 추운지도 모르고 꽃말 하나하나를 천천히 읽고 있었다. 한차례 소동이 났는데도 시간은 아직 오후 세 시를 넘지 못했다. 우주를 생각보다 빨리 찾은 듯했다.

점심도 못 먹고 나와서 많이 배고플 테니 이젠 슬슬 집에 가야겠다고 생각했다. 우주와 차로 가면서 왜 말도 없이 사라졌느냐고 물어봤다. 다음부턴 그러지 말라고 말한 뒤 우주에게 가방을 달라고 했다. 가방을 받았는데 가방 문이 살짝 열려 있었다. 가방엔 짐이 딱히 없었고, 과제물로 보이는 종이 한 장이 투명 파일에 꽂혀 있었다. 꽃에 대한 글이나 시를 써 오라는 내용이었다. 과제를 학원에 맡겨 놓겠다고 말하고 챙기려는데, 우주가 이번엔 자신이 써서 내고 싶다고 했다. 과제를 왜 직접 하려는 거지? 이상했다. 사춘긴가.

엘도림엔 모든 문화 시설이 집합되어 있어 주민들은

평소엔 나갈 일이 없었다. 영화관, 스포츠 센터, 중앙 공원, 쇼핑센터 등 다양한 시설이 갖춰져 있었으므로, 공항이나 항구에 갈 때를 제외하면 뭐든지 엘도림 내에서 해결할 수 있었기 때문이었다. 우주도 엘도림에 이사 오고 나서부턴 한 번도 이곳을 나가 본 적이 없다고 들었다. 엘도림의 시설이 좋은 것도 그 까닭이겠지만, 주된 이유가 따로 있었다. 우주의 방 책장엔 그동안 수상해온 수많은 상장이 파일로 분류되어 꽂혀 있었다. 화려한 상장들은 교내 상부터 시작해 초등 토론대회, 수학 올림피아드까지 그 종목이 다양했다. 그 개수만 봐도 어릴 적부터 우주가 영재 교육을 명목으로 얼마나 바쁘게 살았는지 알 수 있었다.

학업 성취도는 사회에서 제공하는 가장 명확하고 신뢰도 있는 기준이다. 이것으로 한 사람의 성실함과 지적 능력을 평가할 수 있고, 생활기록부로 확장하면 사회적 능력까지 파악할 수 있다. 이렇게 중요한 기준은 일생에 단 한 번 채점되며, 그 한 번으로 평생을 평가받는다. 이렇게 변하지 않으면서도 뚜렷이 보이는 분명한 특성 때문에, 성적 경쟁은 사회에서의 어떤 경합보다 치열하고 예민하다. 그래서 사람들은 성적을 인생의 전부라고 말하지만, 막상 그렇지 않은 경우도 허다했다. 주변 사람들을 보면 사람 사는 모습은 정말 다양하고 복잡하다.

학교에선 실패자로 낙인찍혔지만 나름대로 부족함 없이 살며 자신만의 행복을 찾아가는 사람도 있었고, 학교에서 상위권을 유지하며 부모님의 바람대로 대기업에 들어갔다가 젊은 나이에 퇴사한 사람도 있었다. 이렇듯 인생은 성적으로 나뉘는 것이 아니라 삶의 주인이 누구냐에 따라 나뉘는 것이다. 그리고 이것이 사람들이 알아야 할 진짜 현실이다.

어릴 적부터 주입되는 온갖 잡동사니들은 앞날을 도모하는 데 아무짝에도 쓸모가 없었다. 그 쓰레기들을 거부하고 버리려고 하면 선생들은 그것들을 포장했다. "수학은 사고력과 문제해결력을 훈련하기 위한 과목이야. 게다가 수학이 있기에 우리 사회를 발전시킨 산업혁명이 꾸준히 일어날 수 있었던 것이란다. 너희가 이처럼 안전하고 편리한 세상에 살 수 있는 이유도 모두 수학 덕분이란 걸 알고 있어야겠지?" 누구나 어릴 땐 어른들의 말을 곧이곧대로 믿는다. 그렇게 되면 사회의 틀에 갇히는 것도 피할 수 없다.

그 쓰레기 지식 중에서도 나름대로 쓸 만한 것들은 있었다. 각국에 나타나는 여러 가지 사회상, 각 시대에 탄생한 철학, 인간사를 관통하는 고대 신화. 그 모델들은 아주 중요한 것들이다. 고교 시절에 인생을 바꿀 수 있

었던 이유도 그것들로부터 얻어낸 소중한 깨우침 덕분이
었다. 그것들만은 지금까지도 유용하게 사용해왔다. 우
주가 알아야 할 지식은 바로 그런 것이었다.

우주가 이 사회의 틀에 갇혀 자신을 잃은 채 방황하는
모습을 볼 때면 묘한 동질감을 느꼈다. 우주도 고교생활
까지 오랜 시간을 갇혀 살았다. 우주의 내면에도 혁명이
필요했다. 오늘의 우주로 미루어 보았을 땐, 혁명의 가
능성을 충분히 기대할 수 있었다.

생각해 보니 웃긴 것 같다. 그 신물 나는 교육 바닥을
도망치듯 벗어났는데, 벗어나자마자 그곳을 두 발로 다
시 걸어 들어간 꼴이라니. 우스워 보일 수도 있겠지만,
그것이 최선이었다. 역설적이게도 행복한 삶을 만들어줄
직업이 입시 코디네이터뿐이었다. 그 이유는 독특한 행
복 철학과 비즈니스 철학에 가장 적합한 직업이었기 때
문이다.

그렇다고 모순을 당장의 행복에 팔아넘긴 것은 아니었
다. 근본적으로 그리도 원해 왔던 사회의 틀에서의 해방
과 자아실현에서 오는 성취감을 둘 다 이뤄냈기 때문이
다. 다방면의 충족으로 주어진 행복은 일순간의 행복이
아닌 영속적인 행복이었다. 이것이 진정으로 성공한 인

생이다.

/

길을 잘못 들었다. 한 번 생각에 잠기면 무아지경에 빠지곤 해서 운전할 땐 실수가 잦은 편이었다. 어릴 적부터 남다른 집중력과 몰입력을 가진 탓이었다. 그나저나 길을 헤맨 탓인지 시간이 네 시에 가까워지고 있었다. 한창 추울 때가 되니 하늘은 벌써 어두워지기 시작했다. 우주에게 또 밤을 보여주고 싶진 않았는데, 보여주고 말았다. 아침에 기상청에선 눈이 내릴 거라고 하더니, 구름이 하늘을 가리고 있었다. 슬슬 눈이 오려나 보다.

우주가 평소 학교를 나올 때면 눈앞엔 밤하늘과 가로등 불빛만이 남아 있었다. 학교에서 몇 시간 만에 빠져나와 처음 보게 되는 빛이 고작 그 가로등 불빛이었다. 우주가 어둠에 잠식되는 과정이었다. 밤하늘과 흰색 조명, 잿빛 도시, 인간의 기계화, 남들이 보면 부러울지 몰라도 가까이서 보면 비극이었던 그녀의 인생, 그것들은 모두 흑백이었다. 어느 순간부터 그녀의 세계엔 단 한 번도 다른 색이 존재하지 않았다. 그렇게 그녀는 어둠에 익숙해져 갔다. 그녀를 볼 때 텅 빈 우주가 떠오르는 이유이지 않을까 싶었다.

생각해 보니 오늘처럼 일찍 하교하는 건 정말 오랜만
이었다. 그녀에게 태양빛에 환하게 비친 세상은 꽤나 신
선했을 것이다. 비록 보이는 건 달리는 차들과 빌딩 숲,
나무 몇 그루가 전부였지만, 나무의 초록색도 아마 느껴
본 지 오래됐을 것이다. 집으로 가는 길 하염없이 창문
만 바라보던 까닭이 무엇인지 이제야 알았다. 저 작지만
알록달록한 꽃집에 들른 것도 그럴 만한 이유가 있었던
것이다.

우주를 태우고 집으로 데려다주는 길에 우주의 아버지
에게 전화가 왔다. 이 시간까지 집에 안 들여보내고 뭘
하는 거냐고 버럭 화를 낸다. 학교가 빨리 끝나서 같이
바람 좀 쐬고 왔다고 말했더니, 당장 집으로 보내라고
말한다. 뭔가 불안해하는 듯한 목소리였다. 언제부터 그
렇게 딸을 걱정했다고. 신호를 기다리는데 마침 구름 사
이로 빛 한 줄기가 내려왔다. 공교롭게도 이쪽을 비쳤
다. 우주는 창문을 통해 들어오는 빛을 잔뜩 머금었다.
눈이 반짝거렸다. 우주의 공허한 마음에도 빛나는 별이
가득했다. 난 알 수 있었다.

학창 시절부터 자연과 과학에 대한 다큐멘터리를 제작

하는 채널을 즐겨 봤다. 우주 과학부터 생명 과학까지, 인간이 아주 작은 존재임을 알려주는 채널이었다. 그들이 광활한 대자연을 보여줄 때면, 인간이란 존재가 다른 동물들처럼 미세한 존재에 지나지 않는다는 것을 알 수 있었고, 지구에 서식하는 다양한 생명체를 보여줄 때면, 더 많은 동물에 대한 호기심이 생기기도 했다. 특히 아마존 열대 우림에 서식하는 수많은 동물이나 광활한 해양 속 심해 어종들을 볼 때면, 그들의 존재에 압도되기도 했다. 지구에는 상상을 초월하는 생명체들이 서식하고 있었고, 그들의 특별함은 인간의 특별함을 부정했다. 특히 생명체의 기원을 설명할 땐, 이 모든 게 우연에 의한 것이며 결국 아무 의미도 없다는 것을 깨달았다. 궁극의 허탈함은 사회의 규칙, 타인의 희로애락에 대한 불필요한 이성을 깨부쉈다. 그러고 나니, 자아실현만이 삶에서 가장 중요한 것으로 자리잡았다. 내면의 혁명이었다.

/

우주의 집에 도착했다. 그녀의 아버지는 집 밖에서부터 기다리고 있었다. 그는 황급히 우주를 차에서 빼내 품에 안았다. 그렇게 자기 딸이 무사한지 확인하고는 안심한 듯 이마에 흥건히 맺힌 땀을 손수건으로 닦았다.

그를 직접 본 건 이번이 두 번째였다. 의뢰를 맡은 다음
으로는 한 번도 보지 못했는데 다시 보니 그때의 강압
적이고 차가웠던 인상은 느껴지지 않았다. 차에서 내려
그에게 인사를 하고, 아까 꽃집에서 샀던 노란 꽃 한 송
이를 우주에게 건네주었다. 그 꽃은 졸업식에서 흔히 볼
수 있는 종류였다.

  우주가 꽃을 받았다. 무엇인가 번뜩였다. 빛이 보였다.
우주와의 내면적 상봉이었다. 어둠에 갇혀 있던 우주를
꺼내 준 순간이었다. 우주에게 주어진 꽃은 흔한 꽃이었
지만, 특별하고 독특한 메시지를 담고 있었다. 우주와의
최초의 교류였다. 내일이면 성인이 될 우주에게 작은 응
원이자 축하를 보낼 수 있었다. 그 꽃의 의미를 알고 있
을 우주에게 기대가 생겼다.

  오늘은 우주와의 마지막 날이었다. 일 년의 시간 동안
우주의 삶에 깊이 공감하고 몰입했다. 우주는 더 이상
타인으로 느껴지지 않았다. 어떤 책임감 혹은 의무감
이 들었다. 그래서 빛을 심어 주려 했다. 계몽,
enlightenment, 빛의 주입, 난 그것을 원했다. 우주의
까맣던 머리에 광명이 일어나고 그녀가 진짜 세상을 보
길 바랐다. 그 빛은 우주가 비로소 성인이 되어서야 발
현되는 것이다. 성인이 되어서야 우주가 변할 수 있도록

하는 빛이다. 오늘 12월 31일이 지나면 우주는 새로운 시작점을 맞이할 것이다.

소각장에서 흘린 눈물로부터 그녀가 변화했음을 알 수 있었다. 그 눈물은 외부의 자극으로 인한 단순한 반사 작용이 아니라, 계몽을 선사해 줄 의인에게 처음으로 보여준 감정의 호소였다. 헤아릴 수 있었다. 우주는 더이상 누군가의 꼭두각시로 전락하는 것이 아니라, 이 사회를 혼자 힘으로 헤쳐나갈 수 있도록 각성을 이뤄낼 것이다.

우주에게 이런 각별한 기대가 생긴 이유는 무엇일까. 사실 우주와 일 년을 함께하면서 동질감을 많이 느꼈다. 우주가 공허함을 채우는 순간마다 무의식적으로 조금씩 응원을 하곤 했던 것 같다. 전엔 이런 감정을 느낀 학생은 없었다. 유독 우주는 어릴 적 '나'와 상황이 비슷했다. 삭막한 엘도림에 사는 엄격한 아버지의 꼭두각시 딸. 항상 과거를 떠올리게 했던 우주는 덕분에 깊게 몰입하고 공감할 수 있는 독특한 학생이었다. 지금껏 엘도림에서 많은 학생을 맡아왔지만, 그 중 유일하게 기대하는 학생이 우주였다. 오늘은 우주의 운명 같던 계몽적 순간들과 함께하면서 비로소 우주를 위한 사명을 가지게 된 특별한 날이었다. 우주는 수많은 신호를 보내며 오늘 같은 순간만을 기다렸다. 이젠 우주가 보답받을 차례였다.

눈이 내리기 시작했다. 흰 눈이 쏟아졌다. 역대 가장 많은 눈이 내릴 것이라 했던 기상청의 말이 생각났다. 까만 하늘이 흰 눈에 가려져 안 보일 정도였다. 우주의 아버지는 차가 막힐 테니 어서 빨리 집에 들어가 보라고 했다. 우주에게 마지막 인사를 하고 차에 탔다. 우주의 뒷모습을 희미하게 볼 수 있었다. 검은 저택으로 들어가는 우주의 모습은 하얀 잔상을 남겼다. 점차 새하얀 눈이 새까만 저택을 서서히 덮기 시작했다. 어디선가 본 듯한 광경이었다.

집으로 가니 경찰차가 서 있었다. 주차를 마치고 차에서 내리자 경찰관들이 다가왔다. 무슨 일이냐고 물어보자, 경찰관들은 대답을 뒤로하고 수갑을 꺼내 손목에 내리쳤다. 무슨 일이냐고 되묻자 경찰관들은 유괴죄, 사기죄로 체포하겠다고 대답했다. 납득할 수 없는 상황이었다. 누가 죄를 저질렀다고? 그때 생각나는 사람은 우주의 아버지였다. 우주가 늦게 귀가하는 걸 보고 유괴죄로 신고를 하다니 이해할 수 없었다.

/

우주의 대학교가 최종적으로 결정된 지 일주일 정도가 지났다. 알아본 바로는 의뢰를 맡겼던 바로 그 대학이었다. 그러나, 통장엔 한 푼의 돈도 들어오지 않았다. 계약상으론 지금쯤 입금이 되어 있어야 했다. 우주도, 아버지도 연락이 닿질 않았다. 체포된 날, 신분을 위조하고 우주를 유괴하려 시도했단 혐의로 조사를 받았다. 체포할 당시 말했던 사기죄가 신분 위조를 말하는 것인지 몰랐다. 어이가 없었다. 그깟 이름이랑 학벌 좀 위조한 게 사기죄란다. 아무래도 우주의 아버지가 고소한 듯했다.

덕분에 구금된 당일에는 부모님까지 만날 수 있었다. 굉장히 오랜만이었다. 그들은 성인이 되던 때 돈을 챙겨 집을 나가던 아들을 잡지 못해 울부짖던 그때와 변함없는 모습이었다. 나도 우주처럼 묶여 있던 시절이 있었지만, 끝내 속박에서 벗어날 수 있었다. 당시 내가 배운 지식으로 내린 답은 사회의 틀에서 벗어나는 것, 즉 자유로운 나를 만들고 나만의 세상을 사는 것이었다. 반면에 그들은 여전했다. 여전히 고리타분했고 날 다시 묶어놓으려 했다. 그들은 경찰관에게 과거 내가 정신의학과에서 받은 상담 기록서를 제출했다. 별것 아니었다. 곧이어 우주를 유괴하려고 했단 혐의도 무혐의 처분을 받으면서 나는 풀려날 수 있었다. 이후 위조된 신분은 폐기되고 진짜 나로 돌아왔다. 더는 도망갈 수 없었다. 자유를 빼앗기자 다시 그때 그 시절로 돌아간 듯 답답했다.

　지금까지도 돈이 들어오지 않은 이유를 생각해 보면 그가 신분위조를 한 범죄자와 맺은 계약은 효력이 없다는 것을 알고 돈을 지급하지 않은 것이 틀림없다. 그는 먼저 뒷조사를 마치고 고소 준비를 철저히 하고 있었을 것이다. 그 칼 같은 성격이면 자기 딸 입시 코디 정도는 다 파악해 놔야 했겠지. 그런 상황에서 우주가 늦게 들어오자 겁이 나서 급하게 신고를 한 것이 분명했다. 지금까지도 우주는 이 사실을 모를 것이다. 전부터 그녀의 아버지는 굳이 학업에 방해가 될 소식을 알려주고 싶지 않았을뿐더러, 입시가 끝난 지금도 굳이 우주가 범죄자와 붙어있었다는 충격적인 사실을 들려주고 싶진 않을 것이기 때문이다. 우선 내 돈과 자유를 빼앗은 우주의 아버지를 만나야 했다. 그리고 지금쯤이면 달라져 있을 우주도 보고 싶었다.

/

　우주의 졸업식을 손꼽아 기다렸다. 우주의 집은 경찰

차가 둘러싸고 있어서 접근조차 하기 어려웠지만, 졸업식에 찾아가면 날 쉽게 피할 수는 없을 것이기 때문이었다. 그리고 오늘 드디어 그날이 다가왔다. 우주의 학교 강당에 들어서니 여기까지도 경찰관 몇 명이 대기하고 있었다. 다행히 사람이 많아서 날 쉽게 발견할 순 없을 것 같았다. 우주의 아버지는 키가 유독 커서 인파 속에서도 쉽게 찾을 수 있었다. 그들에게 조용히 다가갔다. 그 순간 동안 나는 몹시 기대했다. 우주가 빛으로 가득 찬 모습은 어떨지 너무 궁금했다. 서서히 가까워지자 우주가 시야에 들어왔다.

그들은 화목하게 웃고 있었다. 우주는 행복해 보였다. 계몽을 통해 행복을 얻기를 바랐는데, 이런 모습은 아니었다. 우주는 남들과 똑같이 꽃다발을 들고 사진을 찍고 있었다. 그들에게 더 다가가자 눈이 마주쳤다. 그녀의 아버지는 꽤 당황한 듯했고 곧바로 대기 중인 경찰관을 부르려고 했다. 다행히 축제 분위기라 주변은 시끌벅적했고, 무대에선 엘도림 출신의 국회의원이 졸업식을 축하하고 있었다. 경찰관을 부르기까지 시간이 꽤 걸릴 것 같았다. 그럼에도 시간은 여유롭지 않았기에 최대한 서둘러야 했다. 그래서 우주에게 바로 말했다. 어서 계몽의 결과물을 보여 달라고, 혁명을 일으키라고. 우주는 어리둥절한 표정이었다. 난 모른 척하지 말라며 다 알고 있다고 말했다. 그때 본 운명적인 계몽의 순간들을 하나 하나 짚어 줬다. 첫 눈물, 첫 일탈, 흑백에서의 탈출, 잔뜩 빛을 흡수하며 달라져 갔던 그 눈빛, 내가 준 꽃, 그날의 폭설로 가득 덮인 세상, 그리고 그때 본 하얀 잔상…. 우주는 아무것도 모른다는 표정을 지었다. 마지막으로 내가 할 수 있는 질문은 하나였다. 이런 삶이 정말 행복해?

돌아오는 대답은 예상과 많이 달랐다. 자신이 행복하다는 말이었다. 난 용납할 수 없었다. 이렇게 인형처럼 사는 건 행복한 게 아니라고 말했다. 언젠간 후회스럽고 허탈한 감정만 남을 거라고. 우주는 남들이 쉽게 가질 수 없는 안정적이고 여유로운 가정환경에서 편하게 살 수 있어서, 그러한 훌륭한 환경을 제공해 준 좋은 아버지가 있었고 또 그런 아버지를 만족시켜 드릴 수 있어서, 마지막으로 앞으로의 나날들이 너무 기대돼서 누구보다 행복하다고 말했다. 그럼 내가 보았던 계몽의 순간들은 무엇이고 내 응원들은 무엇이었는가.

그때, 하이데거가 떠올랐다. 우주야, 독일의 철학자 하이데거 알지? 그 사람은 이 사회를 시적 태도가 결여된 사회라고 지적했잖아. 지금 우리 사회는 인류애를 제거해 나가면서 모든 것을 수치화하고 기계화하고 있다고.

정말 이런 세상에서 살고 싶은 거야? 세상엔 셀 수 없을 정도로 많은 비판이 사회를 향해 쏟아지고 있어. 그런 올바르고 가치 있는 말들을 통해 삶을 이상적으로 바꾸고 실천할 수 있는 건 너 자신뿐이야. 이 어질러진 사회를 초월해서 네가 행복할 수 있는 삶을 만들어나가는 것이 최상의 삶이라는 걸 알잖아. 그런데도 가만히 있겠다는 거야…? 그렇게 난 이대로면 행복해질 수 없다고 타일렀다. 그러나 우주는 완강하게 거부했다. 또, 내가 왜 이런 말을 하는지도 이해한다고 했다.

우주는 내가 평소에 자신의 말도 듣지 않고 넋 놓는 시간이 많았다고 했다. 게다가 텅 빈 표정을 하고는 시시콜콜한 사회비판을 쏟아낸 적도 자주 있었다고 했다. 그럴 때마다 우주는 나에 대한 반감을 키워 갔고 결국 아버지에게 모든 걸 말했던 것이었다. 난 충격을 금치 못했다. 어릴 적부터 어디에 몰두하면 의식이 제어되지 않는 정신병을 앓고 있었다. 아니, 정신병이 아니라 단지 집중력이 좋았을 뿐이었다. 그때, 내 부모는 병세가 점점 심해져 간다며 정신병원에 치료를 맡겼다. 의사는 내가 정신병과 더불어 독특한 학습 방식까지 갖고 있다고 말했다. 어떤 정보를 습득할 때 듣고 싶은 대로만 듣고 그것을 부분적으로 내면화하는 버릇을 말하는 것이었다. 그는 이 둘이 지속적으로 발현되면 자칫 자폐증까지

갈 수도 있다고 말했다. 처음 보는 의사의 말을 쉽게 믿을 순 없었지만, 충격적인 진단에 순간 겁에 질려 처방약도 복용하기 시작했다. 그렇게 완치에 가까워졌다고 생각했는데, 모두 극복했다고 생각했는데, 모두 착각이었다.

때마침, 무대에 서 있던 국회의원이 연설을 시작했다. 그 연설은 최근 엘도림이 6년 연속 1위를 달성한 분야가 한둘이 아니라는 자랑으로 시작해서, 엘도림의 노동자들의 직업 만족도와 국내 행복지수에서 1위로 등극했다는 내용까지 담아냈다. 모든 내용은 엘도림의 기업들이 도입한 홀륭한 교대 시스템과 국가의 전폭적인 지원, 주민들의 협동으로 엘도림 내의 모두가 행복한 삶을 개척하고 있음을 알렸다. 연설을 듣고 있던 사람들도 일제히 환호하며 축하했다. 완전히 충격적이었다. 내가 생각해 온 엘도림의 어두운 면과는 극명하게 상반되는 사실이었다. 발끝부터 머리까지 서서히 무너져 내리는 것 같았다. 내 머릿속에 있는 모든 것 하나하나에 의심이 들기 시작했다. 나는 누구인가? 여기는 현실 세계인가? 데카르트가 떠올랐다. 그 순간 내가 오로지 확신할 수 있는 건 나 자신의 생각이 아닌 구체적으로 정리된 지식뿐이었다.

이미 결론은 나 있었다. 우주의 모든 면을 나 혼자 왜곡하고 사실화했을 뿐이었다. 결국 광명을 얻고 해방된 줄 알았던 내가, 다른 사람이 아닌 나 자신만이 도리어 어둠에 갇혀 있었던 것이었다. 이제 난 모든 걸 잃었다. 더 이상 난 행복할 수 없었다.

그때 시시포스 신화가 생각났다. 끊임없이 돌을 굴리던 시시포스의 삶을 통해 인생의 덧없음을 느꼈던 기억이었다. 그렇다. 어차피 인생은 고통의 연속이고 끝나지 않는 고역이다. 나는 이제 한 명의 지식인으로서 우주에게 배움을 전해줘야 했다. 그것이 나에게 주어진 마지막 사명이자 아직 끝나지 않은 나의 마지막 가르침이었다. 모든 게 무너져 버린 난 본능에 따라 움직였다.

생각을 마치고 나니, 우주를 칼로 찌른 뒤였다. 우주는 지금껏 본 표정 중에 가장 행복한 얼굴을 하고 있었다. 난 밀려 들어오는 감동에 눈물을 터뜨려 버렸다. 우주가 쏟아내고 있는 눈물과 다르지 않은 진실된 감격의 눈물이었다. 나의 눈물과 우주의 눈물이 새까만 각막을 적시자 세상이 빨갛게 일그러졌다. 내가 마지막 임무를 완수하는 걸 보고 있던 세상이 나를 향해 열광하고 있다는 증거였다. 나는 칼을 뽑으며 우주에게 말했다. 오늘부터 새로운 시작이야, 우주야. 우주의 눈은 빛나고 있었다. 내가 준 선물이 우주에게 빛을 주입했다. 우주는 별로 가득했다. 그때, 우주의 손에 들려있던 꽃은 내가 전에 선물했던 노란 프레지아였다. 그 꽃말은 새로운 시작을 의미했다. 모두 다, 운명이었다.

안녕하십니까.

부족한 글 읽어 주셔서 너무나도 감사드립니다. 「Enlightenment」는 지식의 이면에 관한 이야기입니다. 초반부엔 사회비판과 인간의 행복에 관해 서술하면서 독자 여러분이 삐딱한 시선을 가지도록 의도했습니다. 이후 주인공의 설정을 완전히 드러내면서 파격적인 반전을 연출하고 싶었고, 동시에 우리 사회에 만연한 '망상'에 대한 공포를 체험시켜 드리고자 했습니다.

'망상'이란 단어는 거창한 표현일 수 있지만, 사실 우리의 삶에서 흔하게 일어납니다. 이 책을 읽으면서도 여러분은 수많은 망상을 저지릅니다. 모두 다 의도된 것이라며 억지스럽다고 생각하실 수도 있겠지만, 원래 망상은 그리 쉽게 피할 수 있는 것이 아닙니다. 여러분이 "망상은 불가피하지 않다." "난 망상에 빠지지 않는다." 라고 속단하는 것도 망상이라고 볼 수 있습니다.

우리가 남들의 일부분만 보고 그 사람의 전체를 판단하는 것, 부분적인 지식만을 보고 대부분을 아는 것으로 착각하는 것, 자만하는 것도 결국 망상에 지나지 않습니다. 그래서 우리들의 위대한 철학자 소크라테스는 엘렝코스라는 문답법을 활용하기도 했죠. 저도 소크라테스처럼 여러분에게 끊임없는 질문을 남기고 싶었습니다.

"과연 우주는 행복할까?"라는 질문에 주인공의 입장이 아닌 여러분의 입장으로 답변해 보신다면 재미있는 경험이 될 것 같습니다. 여러분은 주인공의 입장처럼 우주가 암울한 삶을 살고 있었다고 보실 수도 있고, 주인공의 질문에 대답했던 우주의 말처럼 행복한 삶을 살고 있었다고 보실 수도 있습니다. 과연 정답은 무엇일까요? 여러분은 정말 정답이 무엇인지 확신할 수 있으신가요?

아니요. 우리는 아무것도 확신할 수 없습니다. 자신이 무력하게 느껴지시나요? 자연스러운 결과입니다. 우리는 지금껏 수많은 망상에 익숙해져 우리의 무력함을 잊고 살았던 것뿐이기 때문이죠. 그러니까 제가 이 글을 통해 전하고 싶은 메시지는… 굳이 말하자면 "겸손해지자."인 것 같습니다.

글 곳곳에 복선도 넣어놨고, 색감의 대비도 많이 사용했고, 문체에도 신경을 많이 썼습니다. 여러분이 한 번 더 읽어 주신다면 1회차 독에서 느끼신 것보다 훨씬 더 이해하기 쉽고 더욱더 재미있는 새로운 느낌을 경험하실 수 있을 겁니다. 실수도 많을 테지만 좋게 봐주시면 정말 감사하겠습니다. 다른 글도 재밌게 봐주시고, 여기서 「Enlightenment」 에필로그 마무리하겠습니다. 여러분도 제 글을 통해 계몽을 이루셨길 바라고, 다시 한 번 감사드립니다.

꽃밭

죽이기

"Amor vincit omnia"

꽃밭은 꽃들의 요람이자 무덤이다. 그곳에 자리하고 있는 수많은 꽃들은 바람이 불어 꺾여 죽든, 물이 없어 말라 죽든 나고 자란 곳에서 죽게 된다. 그렇게 죽은 꽃들은 사라질 틈도 없이 새로 피어날 꽃들을 위해 거름이 되고, 화려한 꽃들은 약속이라도 한 것처럼 시체를 가린다. 우리의 마음도 그렇다. 피어나는 감정들은 다른 바람에 꺾여 죽고, 유지할 수 있는 양분을 받지 못해 말라 죽는다. 그렇게 죽은 감정들의 시체는 우리의 마음 한 구석에 쌓여 사라지지도 못하고, 그 위에 다른 감정들이 피어나기만을 기다린다. 사라진 것이 아니라 잊은 것이기 때문이다. 그 감정들은 피어나는 순간부터 우리에게 경험이라는 커다란 파도를 일으키고, 거름이 되어서도 앞으로 피어날 감정들에게 끊임없이 영향을 미친다.

그러다 문득 마음에 바람이 불어 예쁘게 핀 꽃들이 흔들리게 되면, 그 사이로 꺾여 버린 꽃들과 마주칠 때가 있다. 죽어 버린 지 오래라 차갑기만 한 시체들과 말이다.

\*\*\*

전날 비가 온 탓에 열어 놓은 줄도 몰랐던 창문 사이로 책상의 책들이 다 젖어 버렸다. 어떻게든 열심히 말렸지만, 이미 종이가 울어 버려서 글씨가 잘 써지지 않았다. 아침 자습 시간부터 공부할 맛을 잃었다. 제대로 집중하지 못할 것 같으면 잠이라도 자고 싶었지만, 그렇다고 지금부터 자 버리면 하루 종일 자고 있을 게 뻔했다. 조용히 창문 밖을 쳐다봤다. 오랜만에 찾아온 따뜻한 날씨였다. 올해는 유난히 추워서 5월이 되어서야 얇게 입고 다닐 수 있었는데, 그마저도 봄비가 자주 와서 날씨가 좋지 못했다. 종일 학교에 있는 고등학교 2학년에게 날씨가 무슨 소용일까 싶다가도, 그래도 이렇게 날씨가 좋으면 기분이 좋아지는 게 웃겼다. 잡생각에 빠져 시간을 보내다가, 샤프를 다시 들고 울퉁불퉁한 책들과 씨름하기 무섭게 선생님이 들어오셨다. 그리고 옆에는 못 보던 애가 하나 있었다.

"며칠 전에 전학생 올 거라고 말해 줬었지? 다들 잘 지내라."

키가 170cm 언저리인 선생님과 비슷할 정도로 키가 컸다. 목 끝까지 자른 머리카락은 깔끔하기 그지없었다. 선이 몹시 뚜렷하고 차가운 게, 마치 장인이 정성 들여 깎은 화려한 얼음 조각상을 보는 느낌이었다. 표정, 눈빛, 심지어 이목구비까지도 날카로웠다. 겨울이 사람이었으면 얘처럼 생겼을 것이라고 생각했다.

"안녕, 나는 정연희라고 해. 음… 모쪼록 잘 지낼 수 있었으면 좋겠다."

　걔는 인사를 마치고 반을 한 번 훑었다. 눈이 마주칠 것 같은 느낌에 다시 문제집을 보기 시작했다. 어차피 친해질 수 있을 것 같지는 않았다. 첫인상만 보고 사람을 판단하는 게 나쁜 일이라는 건 알지만, 그래도 어쩔 수 없었다. 나에게는 그저 책걸상이 한 쌍 더 생긴 것, 그 이상도 이하도 아니었기 때문이다. 수업 시작까지 몇 분이나 남았는지 보기 위해 고개를 들었다. 그러나 고개를 드는 순간 보게 된 것은 시계가 아니라 걔였다. 아까 피했던 그 눈과 마주쳤다. 내가 고개를 들기를 기다리고 있는 것처럼 나를 보고 있었다. 그렇게 한참 같은 찰나 동안 그 눈을 바라보았다. 먼저 고개를 돌린 것은 나였다. 우연 치고는 눈 맞춤이 너무 길었던 탓이다.

　　***

　점심을 먹고 나니, 다음 시간이 이동 수업이었던 게 생각났다. 다급하게 교과서를 챙겨 수업 교실로 향했다. 반 애들이 몰리기 전에 미리 교실에 가서 앉아 있을 참이었다. 학교에 있으면서도 조용하게 있을 수 있는 절호의 기회이다. 수업 시작까지 아직 30분이 남은 시점에 혼자 앉아 있으려니 살짝 졸리기 시작했다. 조금 자야겠다는 생각에 이어폰을 끼고 책상 위로 엎드렸다. 창문 사이로 햇빛이 살짝 비치는 게, 딱 자기 좋았다. 그렇게 평화를 만끽하려던 찰나, 누군가 문을 열고 들어왔다.

"안녕?"

몸을 일으켜 문 쪽을 보니, 오늘 전학 온 애가 서 있었다. 당황스러운 상황이었다. 누군가 지금 들어올 줄은 몰랐고, 그게 쟤일 줄은 더 몰랐다. 게다가 나한테 인사까지 하다니, 사실 꿈이라도 꾸는 건가 싶었다. 그래도 인사를 했으니 받아는 줘야겠다는 생각이 들었다.

"어… 안녕."

떨떠름하게 인사해 주자 걔가 씨익 웃더니 내 쪽으로 다가왔다. 그때 느꼈다. 아까 봤던 차갑기 짝이 없던 얼굴에서 묘하게 장난스러운 눈빛이 드러났다. 순식간에 당황스러움은 배가 되었다.

"넌 이름이 뭐야?"

"아, 그, 김주아…."

그 아이가 불쑥 건넨 물음에 말끝을 흐리며 대답했다. 고작 이름 하나 알려 주는 것일 뿐인데, 왜 이렇게 어려운 건지 모르겠다. 당황스러워서 그런 거라고 생각했지만, 장난스러운 눈빛에 동한 것은 사실이었다. 처음 마주한 순간부터 지금까지 당황스럽지 않은 구석이 없었다. 모양 빠지게 당황한 티가 눈에 보일까 정신이 없던 사이, 그 아이는 나도 모르게 옆으로 와 앉았다.

"앉아도 되는 거지? 너 어차피 같이 앉는 친구도 없잖아."

원체 옆에 누가 있는 것을 싫어하는 성격이라 늘 혼자 다녔다. 학급의 학생 수가 홀수여서, 선생님의 배려로 창가 쪽 제일 뒤에 혼자 떨어져 있는 자리에는 항상 내가 앉았다. 그게 처음 보는 전학생 눈에는 따돌림이라도 당하는 걸로 보였나 보다. 친구도 없냐며 선심 쓰듯 옆에 앉는 그 아이가 웃겼는데, 꼴에 챙기려고 하는 것 같아서 나름 귀엽기도 했다. 옆에 앉은 그 아이는 엎드리더니 나를 올려다봤다.

"이름 예쁘다."

뜬금없이 건넨 칭찬이 갑작스러워서 그 아이를 쳐다봤다. 그러다 눈빛이 부담스러워서 고맙다고 대충 얼버무리고는 또 먼저 고개를 돌려 피했다.

"너 사람 눈 진짜 못 보네."

그렇게 한마디 툭 던지더니 그 아이는 조금만 자겠다며 눈을 감았다. 멍하니 앞을 바라보다 다시금 그 아이 쪽으로 시선을 돌렸다. 자는 중이라 그런지, 방금 같았던 장난스러운 기색은 전혀 보이지 않았다. 짧은 머리카락이 얼굴을 가렸다. 그 아이가 눈을 감고 있어야만 제대로 눈을 둘 수 있었다. 그때였다. 베고 누운 팔 사이로 교과서에 적힌 이름이 보였다. 정연희, 그게 그 아이의 이름이었다.

\*\*\*

세상에 초록이 돌기 시작했다. 정연희는 늦은 봄에 와서는, 벌써 하복을 입냐며 짧아진 교복을 어색해했다. 그리 길지도 않은 머리를 더 짧게 다듬고는, 나더러는 어떻게 그 긴 머리를 하고 다니냐고 물어봤다. 그렇게 짧게 자르고도 더운지 자주 머리끈을 빌려갔다. 머리끈을 몇 개씩이나 사 줬는데도, 어디에 두고 다니는 건지 계속 나에게서 빌려갔다. 왜 자꾸 나한테 빌리는지 물어봤더니, 그냥 나한테서 빌리는 게 좋다는 어이없는 대답을 했다. 하지만, 꽁지마냥 겨우겨우 묶어낸 뒷머리가 귀여워서 밉지가 않았다. 정말로 여름이 오고 있었다.

기말고사 마지막 날이었다. 마지막 시험이 끝나기 무섭게 시험지를 가방에 욱여넣었다. 홀가분하다기보다는 허무했다. 중학생이 되어 처음으로 중간고사를 쳤을 때부터, 고등학교 시절의 반절이 지난 지금까지 쭉 그랬다. 시험만 치고 나면 무슨 감정인지 모를 나쁜 기분이 나를 따라왔다. 익숙해질 만도 한데, 절대 익숙해지지 않는 기시감이었다. 한숨 자고 일어나면 이 나쁜 기분한테서 벗어날 수 있을 것 같았다. 그때, 정연희가 내 자리로 왔다.

"우리 집, 놀러 올래?"

대뜸 나에게 건넨 말이었다. 가방을 챙기던 손이 멈췄다. 나를 괴롭히던 허무함 또한 잠시 멎었다. 늘 느끼는 것이지만, 정연희는 사람을 당황시키는 데 재주가 있다. 멍청하게 되물어봤다. 그러자 바보 같다는 듯이 웃더니, 다시 제대로 말해 줬다. 우리 집 가자.

***

정연희는 신발을 벗자마자 에어컨부터 켰다. 그러고는 소파에 털썩 앉더니 옆으로 와 앉으라고 했다. 소파가 정연희를 삼킨 모양새여서 조금 웃겼다. 오는 길에 산 아이스 아메리카노를 들고 정연희의 옆으로 가 앉았다. 고개를 돌려 깔끔하게 정돈된 집을 둘러보는데, 뭔가 이상한 기분이 스쳤다. 깨끗하다 못해 새 집 같았다. 정리할 것이 없는 집, 사람이 사는 것 같지 않은 집이었다. 혼자 사냐고 물어봤더니, 그렇다고 대답해 줬다. 눈을 감고 에어컨 바람을 쐬던 정연희가 나를 쳐다봤다.

"우리 집에 온 사람은 네가 처음이야."

아무도, 심지어 부모님마저도 와 본 적이 없다고 했다. 내가 정연희 외에 처음으로 이 집에 발을 들여놓은 사람이 되었다. 다른 누구에게도 허락되지 않은 공간이 나에게 열렸다고 생각하니 묘한 기분이 들었다. 그냥 툭 던진 말에 의미를 부여하기는 싫었지만, 꼭 그러게 되는 말이었다.

"대신 재미는 없어. 집에서 아무것도 안 하거든."

사람의 손을 타지 않은 집처럼 보였던 것이 이해가 되는 순간이었다. 아무도 살지 않는 것처럼 보이는 집, 그 안에는 아무것도 하지 않는 정연희가 살았다. 잠을 자는 공간, 그 이상도 이하도 아니었을 것이라는 생각이 들었다. 집이 온통 내뿜는 공허함이 어딘가 낯이 익었다. 정연희한테서 느꼈던 것일까. 나를 스치는 생각을,

"외로웠겠네."

그대로 말해 버렸다. 그러자 정연희는 나를 쳐다보더니 웃었다. 나더러 외로움도 아는 사람이었냐고 그랬다.

"하긴, 너도 외로울 때가 있겠지. 내가 한 번도 본 적이 없어서 그런가 봐."

외로웠던 적이 있었나 생각해 보게 되는 순간, 정연희가 묘한 표정을 지었다. 음악실에서 마주쳤을 때처럼, 혹은 처음 전학 왔을 때 눈이 마주쳤을 때처럼 어딘가 묘하고, 어딘가 차가운 얼굴을 했다. 얼음 같은 표정으로 정연희가 던진 말은,

"보고 싶다, 네가 외로워하는 거."

머릿속을 홧홧하게 달아오르게 만들기에 충분했다. 차가운 얼음을 손에 가득 쥐고 있는 느낌이었다. 점점 감각이 없어지고, 손가락이 굳는 것이 느껴진다. 하지만, 그 생경하고도 차가운 느낌이 좋아서 얼음을 못 놓았다. 얼음이 마음에 화상을 냈다. 한때 질서정연하던 곳, 그 세계는 이미 불꽃들이 뛰어놀아 어질러졌다. 온갖 이상하다면 이상한 생각들이 내 발목을 잡고 놓지 않았다. 내 외로움이 뭐라고 보고 싶은 걸지, 그게 너에게 무엇일지 생각해 보게 됐다. 혼자 있는 내가 내뿜는 공허함, 혹은 부재가 낳은 감정의 잔재, 아니면 그 이상의 무언가. 어떤 뜻으로 뱉은 말인지 궁금했다. 내가 외로워하는 모습이 네가 보고 싶을 정도로 눈요기가 될 만한 것이라도 된다는 말일까. 영화의 한 장면처럼 의미를 부여할 수 있는 것일지, 혹은 단순하게 즐기고 싶은 것일지. 어떤 식으로든 나의 감정이 누군가의 욕구가 된다는 것은 실로 낯선 일이었다. 그게 정연희라서 더욱 낯설었을 뿐이고. 해석할 수 없는 것들이 천지에서 빛나기 시작했다. 생각이 많아지니, 경직되는 얼굴을 어떻게 할 수가 없었다.

"장난인 거 알지?"

그 말에 순식간에 정신을 차렸다. 목 뒷덜미와 귀가 타오르는 것 같았다. 당황스러움에 멋쩍게 웃으면서 무슨 그런 말을 하냐고 했다. 그러다 올려다 본 정연희의 얼굴에, 아니 나를 보는 그 눈빛에 숨이 턱 막혔다. 크고 묘한 눈에는 깊은 바다가 있었다. 계속 바라봤다가는 몸이 젖지 않고도 익사할 수 있을 것 같았다. 차가운 바다에 빠져 꼼짝없이 가라앉을 것이 분명했다. 불길이 일었던 머릿속에는 갑작스런 해일이 찾아왔다. 머릿속에 들어차던 불꽃들은 마치 존재한 적 없던 것처럼 사라졌고, 경직된 얼굴만 화재의 잔해처럼 남았다. 위험했다. 바다의 주인은 그런 위험한 눈빛으로 세상에서 가장 무해한 웃음을 지었다.

"나는 자주 외로워지니까, 네가 우리 집 자주 와 줘."

정연희는 거짓말쟁이였다. 처음부터 끝까지, 장난인 것은 하나도 없었다.

\*\*\*

"감사해요. 네, 들어가세요."

연희네에서 자고 가겠다고 전화를 남겼다. 전화를 받

은 엄마는 적잖이 놀란 목소리였다. 친구네 집에서 자고 오겠다는 전화는 처음 받아 봐서 그러는 것 같았다. 또래 아이들이었으면 공부나 수행 평가를 핑계로 한두 차례 친구네에서 일탈을 즐겼을 법도 하지만, 내가 그런 아이가 아니라는 것 정도는 부모님도 나만큼이나 잘 알고 계셨다. 대충 전화를 끊고 나니 전화번호 목록이 보였다. 원래는 휴대폰 화면이 가득 차지도 않았었다. 중학교 다닐 때 사귄 친구 두 명과 부모님을 비롯한 가족, 그리고 고등학교에 올라와서 사귄 친구들 몇 명이 전부였던, 아주 얄팍한 전화번호부였다. 협소한 인간관계 덕에 휴대폰은 시계, 혹은 mp3로 전락해 버린 지 오래였다. 오래였는데,

"주아야."

요즘 들어 자주 보게 되었다. 그래, 그렇게 되었다. 울리지도 않는 알림에도, 혹시나 내가 못 들었을지도 모른다는 생각에 괜히 화면을 켜 보는 시간도 늘었다. 통화 빈도는 최근에 정점을 찍고 있었다. 나는 그렇게 살아 본 적이 없었다. 이런 변화가 기분 나쁠 만큼 어색했는데, 그렇다고 그렇게 싫냐 물어보면 막상 싫다고는 할 수 없었다. 인정하기 싫지만, 이 모든 것은 다 전화번호부 마지막 줄을 채운 정연희의 번호 때문이다. 전화번호

하나가 무슨 큰 파장을 일으킬 수 있겠냐고 하겠지만,
나한테는 그랬다.

정연희는 휴대폰을 자주 봤다. 하루 온종일을 같이 붙
어 있으니, 여느 고등학생처럼 휴대폰에 빠져 사는 모습
을 자주 볼 수 있었다. 수업 시간이면 더 심했다. 옆에
서 내가 바쁘게 필기를 하고 있어도, 정연희는 엎어져서
자는 게 아니면 꼭 휴대폰만 봤다. 하는 짓이 애늙은이
같을 때가 많았는데, 꼭 이럴 때는 내 또래의 아이들과
별반 다를 것이 없다는 생각이 들었다. 집에서는 더 심
했다. 연락하는 족족 일 분도 지나지 않아서 답장이 왔
다. 화면을 끄고 뭐라도 하려고 하면, 홈 화면으로 나가
기도 전에 다른 연락이 와 버려서 계속 화면을 붙잡고
있어야 했다. 덕분에 휴대폰은 나의 손에 들어오고 아주
오랜만에 제 기능을 착실히 하게 되었다. 이게 다…

"전화는 끊었어?"

잡다한 생각에 빠져 인기척을 느끼지 못했다. 정연희
가 눈앞에 있었다. 순간, 정신이 번쩍 들었다. 현실로
돌아온 기분이었다. 더는 연락 올 곳도, 연락할 곳도 없
었다.

"응, 방금 끊었어."

나는 시계를 침대 위로 엎어 버렸다. 그리고 그 옆에는 정연희의 휴대폰이 있었다.

***

"뭐 보고 싶어?"

마땅히 보고 싶은 영화가 없는 건지, 자꾸만 어떤 영화를 보고 싶은지 물어봤다. 호기롭게 영화를 보자고 하던 정연희는 내가 이렇게까지 영화에 관심이 없을 줄은 몰랐나 보다. 다 괜찮다고 세 번째로 말하려는 순간이었다. 연희야, 나는…

"그럼 취향을 말해 줘. 내가 찾아 줄게."

무슨 취향이든 알맞게 찾아 줄 수 있다는 눈빛으로 나를 바라보는데, 사실 그게 제일 대답하기 어려운 질문이었다. 나는 취향이 없는 것에 가까운 사람이다. 취향이라고 할 것도 없었다. 영화 관람은 내 취향이 아니었기 때문이다. 어두운 영화관에 앉아서 큰 소리와 화면을 견디는 건 정말 내 취향일 수가 없었다. 남들은 다 재미있다고 하는 영화들이 나한테는 돈 냄새 나는 두 시간짜리 영상, 딱 그것일 뿐이었다. 그래서 자의로 영화를 볼 일은 없었기에, 당연히 취향이 없을 수밖에 없었다. 오늘 영화를 보게 된 것도 온전히 정연희가 영화를 좋아하기 때문이었다. 이런 걸 아는지 모르는지, 무조건 내 취향에 맞추겠다는 정연희의 눈빛에 대충이라도 대답을 해야 할 것만 같은 기분이 들었다.

"그냥… 잔잔한 영화 좋아해."

결국 심심하다 못해 밋밋한 취향을 캐낸 정연희는 영화 목록을 열심히 뒤지기 시작했다. 솔직히 좀 웃겼다. 이게 뭐라고 저렇게 열심히 찾나 싶었다. 널리고 널린게 잔잔한 영화일 테니 그냥 아무거나 보면 될 일이었다. 몇 편의 영화를 넘기고 또 넘겨서, 볼 만한 영화를 찾았는지 대뜸 음악 영화를 좋아하냐고 물어봤다. 음악 영화라면 노래 듣는 맛이라도 있겠거니 싶어서 좋아한다고 했더니, 계속해서 움직이던 화면이 멈췄다.

"이거 어때?"

정연희가 나를 바라봤다. 영화를 좋아하는 아이가 고른 영화니까, 분명 내 취향일 것이라고 생각했다. 아니,

사실 취향이 아니어도 상관없다.

"그래, 그거 보자, 연희야."

나는 다 좋아.

***

영화는 1996년에 나온 〈샤인〉이라는 영화였다. 한 피아노 천재가 아버지의 뜻대로 커가다가 망가지고, 끝내 다시 자신의 자리로 돌아오는 내용이었다. 행복한 결말에 비해 영화를 보는 내내 기분이 묘했다. 말로 표현하기에는 다소 진부한 감정들이 자꾸만 생겨났다. 명확하게 정의하기 어려운 감정들이 마음을 차지하게 되었다. 주인공의 재능은 누구나 인정할 만한 엄청난 것이었다. 그 자체로도 굉장한 존재였겠지만, 좋은 대장장이를 만난다면 실용적이거나 아름다운 무언가로 탄생하게 될 운명이었다. 그랬던 그의 운명은 아버지를 만나서 잘못 돌아가게 되었다. 주인공은 아버지의 그늘에서 벗어나지 않았고, 벗어나지 못했다. 사랑이라고 해야 할지, 종교라고 해야 할지 고민되었다. 아버지의 강압적인 교육을 보여 주는 장면들이 나올 때면 나도 모르게 눈을 질끈 감았다. 못난 아들이라며 구타를 하던 아버지를, 그리고 빨갛게 부어오르는 살갗을 보고 있기 불편하다 못해 힘들었다.

라흐마니노프 콘체르토 3번, 주인공은 그 악명 높은 곡을 치게 되었다. 손가락을 기계처럼 놀리지 않으면 건반 위에서 떨어진다. 아버지의 뜻에 의한 연주인지 구별하기도 전에 의식이 없어지는 연주를 해야만 했다. 건반 위를 분주하게 움직이는 손가락이 주인공의 것인지, 아니면 아버지의 것인지, 라흐마니노프의 것인지는 중요하지 않았다. 그렇게 주인공은 자신을 망가뜨리면서까지 아버지의 라흐마니노프를 완주했다. 바닥에 쓰러진 주인공의 죽은 생선 같은 눈과 마주쳤을 때는 조용히 눈을 감았다. 카메라 감독의 몹쓸 횡포는 혐오감을 담아내기에 충분했다. 고장 나 버린 사람이 다시 일어서기까지는 많은 시간이 걸렸다. 안타깝다는 생각만이 들었다. 아름다운 결말이었지만, 머릿속은 전혀 아름답지 못했다. 누군가에게 완벽한 사람이 되기란 참으로 힘든 일이다.

"영화는 어땠어? 볼 만했어?"

엔딩 크레딧이 올라가고 있었다. 분명 얼빠진 표정으로 화면을 보고 있을 것 같았다. 얼른 대충 괜찮다고 얼버무렸다. 옆에 엎드려 있던 정연희는 편한 자세로 돌려

누웠다.

"아예 좋지만은 않았나 보네. 감상평 듣고 싶어."

복잡한 표정을 읽은 정연희가 물어왔다. 사실이었다.

"그냥, 주인공이 안타까워서. 아버지한테 완벽한 아들이 되고 싶었을 텐데."

솔직한 감상평을 던졌다. 잔잔한 영화를 보자고 한 것이 후회되었다. 내 말을 들은 정연희의 표정도 똑같이 복잡해진 것 같았다. 나와 비슷한 표정을 짓고 있을까. 대충 무거워진 분위기를 수습하기 위해 말을 이었다.

"뭐, 근데 그게 어디 쉬운 것도 아니고. 나도 완벽한 딸은 아니니까."

노트북을 대충 덮은 후에 나도 같이 돌아 누웠다. 오랜 시간 엎드려 있어서 어깨랑 팔꿈치가 아렸다. 정연희는 알 수 없는 표정으로 나를 바라봤다. 마주치는 눈이 부담스러워 고개를 다른 쪽으로 돌려 버렸다. 이에 정연희는,

"하지만 넌 나한테는 완벽한 사람이야."

작은 불씨 하나를 내게 선물했다. 그리고 그 불씨는 곧 폭죽에 옮겨 붙어 내 마음을 또 다시 어지럽히기 시작했다. 마음속의 폭죽들이 하나둘 불꽃놀이를 시작했다. 얼굴에 열이 확 몰리는 것이 느껴졌다. 아까와 비슷한 감정이었으나 조금 달랐다. 그 말 한마디가 어쩌다가 불씨가 되었을까. 허공에 머무르던 나직한 음성은 나의 부족한 곳을 찾아 메워 줬다. 아주 오랜 시간 나를 괴롭히던 결핍의 해소를 느꼈다. 벅차오르는 감정을 주체할 수가 없었다. 혼란스러웠고, 사실 조금 무섭기도 했다. 울 것 같았는데, 그래도 좋았다. 어두웠던 공간에는 선명한 불꽃들이 피어났다. 확실해지는 감정들이 새로운 그림을 그렸다. 불꽃들이 지나간 자리는 눈을 감아도 볼 수 있을 정도로 눈부셨다. 불을 끄고 누워서 바라본 천장에도 잔상들이 반짝이고 있었다. 폭죽이 터지며 산란하는 빛이 별들처럼 온 방을 가득 채웠다. 옆에서 잘 자라는 말이 들려왔다. 꿈이 차오르는 밤이었다.

\*\*\*

같이 영화를 본 이후로, 무언가 조금 바뀌었다는 생각이 들었다. 아니, 사실 조금이 아니라 아주 많이 바뀌었다. 그때 정연희네에서 잔 이후로 눈을 마주하는 게 더 어려워졌다. 원래도 사람 눈을 잘 못 보는 편이었지만, 이제는 차원이 다른 수준이었다. 같이 있을 때마다 그날 일이 떠올라서 괜히 혼자 민망해졌다. 알 수 없는 기분이었다. 하지만 정연희는 나와 다르게 오히려 더 대범해졌다. 눈치 보며 이어갔던 연락들이 어느새 당연한 것이 되었고, 자연스럽게 어디든 같이 다니게 되었다. 내가 이렇게 민망해하는 것을 알기라도 하는 건지, 내가 빼는 만큼 두 배로 다가왔다. 혼자만 부끄러워하고 있을 거라는 생각이 들어 순식간에 내가 한심하게 느껴졌다. 사소하다고 하면 사소한 것들이라고 할 수 있다. 문자 몇 번 더 주고받고, 등하교를 항상 같이 하는 것 정도는 친한 친구들이라면 쉽게 할 수 있는 일이니까. 하지만 당사자의 사정은 조금 다르다. 정연희는 이런 변화들이 나에게 아주 큰 의미로 다가온다는 것을 모를 수밖에 없다.

그리고 이런 변화들이 있었음에도 불구하고 변하지 않는 것이 있었다. 우리 둘 사이가 변한 건 맞는데, 이 이상한 관계의 정의는 바뀌지 않았다. 제목이랑 맞지 않는 내용을 담은 책을 읽는 느낌이었다. 우리 사이에 내걸고 있는 친구라는 명찰이 조금 어색하게 느껴졌다. 그리고 이런 생각이 드는 것부터가 문제였다. 나 스스로도 아주 잘 인지하고 있는 문제다. 복잡한 머릿속이 그 증거가 되었다. 친구로 시작했던 관계는 얼마 안 가 바뀌고 말 것이다. 이름 하나 달라지는 것은 그리 많은 시간을 필요로 하지 않는다. 분명 선을 넘었는데, 넘은 선을 돌아보기 무서웠다. 어떻게든 지키고 싶은 관계에 대한 마지막 경계였다. 당황스러웠다. 그리고 무서웠다. 원래도 사랑이랑은 거리가 먼 삶을 살아왔지만, 그래도 여자를 좋아한다는 생각은 해 본 적이 없었다. 어쩌면 이것도 괜히 친한 친구로 포장하고 싶은 마음일지도 모르겠다. 혼란스러운 감정이었다. 답이 없는 문제들이 원래 생각을 좀먹기에는 더 좋았다.

"주아야, 듣고 있어?"

정연희가 무슨 말을 했는지도 기억나지 않는다. 주말에 대뜸 할 말이 있다고 하더니 나를 불러내서 자기 앞에 앉혔다. 또 저 눈을 마주하고 있자니 나를 괴롭히던 고민들이 다시 떠올라서 미칠 것 같았다.

"미안, 무슨 이야기 했어?"

난장판인 머릿속을 숨기고 물어봤다. 모든 고민의 시작과 끝은 앞에 앉은 이 여자애였다.

"나 전학 가."

"뭐라고?"

그렇게 고민거리가 하나 더 생겼다.

\*\*\*

정연희와 헤어져서 집으로 돌아왔다. 어떻게 집까지 왔는지 기억이 나지 않는다. 도통 생각들이 정리되지 않아서 머릿속이 무척이나 복잡했다. 그러니까, 정연희가 전학을 간다고 했다. 따지고 보면 그리 놀라운 일은 아니었다. 전학을 다니고 또 다녀 내가 있는 곳까지 오게 된 것일 테다. 정연희에게는 익숙한 이별일 것이다. 몇 번이고 마주했을 똑같은 이별들일 텐데, 이곳에서의 이별이라고 새로울 이유는 없을 것이다. 정연희는 언제든지 빠져나올 수 있을 정도로 발만 담그는 법을 배웠을 것이다. 하지만, 발을 담근 채로 물속에서 장난을 치면 물길은 그대로 흔들리고 만다는 것을 알까. 그저 나만, 이별에 익숙하지 않은 나만 복잡할 뿐이다. 당장 정연희가 없는 내일을 상상하기 힘들었다. 정연희를 만나기 전에도 존재했었던 나의 학교 생활이 기억나지 않았다. 이제는 같이 밥을 먹을 수도, 같이 등교할 수도 없게 되었다. 졸고 있을 때면 깨워 주던, 옆에서 조그마한 그림을 그려 주던 정연희는 이제 없다. 그 자리를 채우게 될 허전함이 너무나도 무서웠다. 나도 모르게 눈물이 쏟아졌다. 그대로 정연희에게 전화를 걸었다. 정연희의 목소리가 듣고 싶었다.

"여보세요."

신호음이 몇 번 가다 그대로 끊어졌다. 막상 목소리를 들으니 입이 떨어지지 않았다. 먹먹한 목소리에 울고 있다는 것을 들킬 것만 같았다.

"주아야,"

"정말 다시 전학 가는 거야?"

나를 다시 부른 정연희의 말을 잘라 먹고 물어봤다.

"응, 그렇게 됐어."

"다시 여기로 올 일은… 없겠지?"

누가 들어도 아쉬움이 잔뜩 묻어나는 말이었다. 어째

서 그런 건지는 잘 모르겠는데, 정연희가 가는 게 너무 싫었다. 정연희를 생각보다 많이 아꼈던 탓이다. 고작 삼 개월 남짓을 같이 보냈는데, 어쩌다가 이렇게 친해졌는지 감도 잡히지 않았다.

"주아야…"

다시 한 번 들리는 내 이름에 결국 참고 있던 것이 터져 버렸다.

"나 있지, 마음이 너무 복잡해. 고작 세 달 알고 지냈는데, 이렇게 전학 가는 거에 청승 떨게 될 줄은 몰랐어. 오랜만에 사귄 친구라서 그런 거라고 하기에는 마음이 너무 벅차. 잘 보내 주고 싶었는데… 그래도 눈물이 나오는 걸 어떡해. 원래 친구끼리도 이러는 거야?"

이럴 생각은 없었는데, 이대로 안녕이라는 생각이 나를 쿡 찔렀다. 그렇게 나는 고백과 유사한 것을 뱉어냈다. 아니, 나에게서 쏟아졌다. 흘러넘치는 것들을 쥐고 있을 수가 없었다. 토해내듯 물어보는 나의 말을 듣던 정연희는 말이 없었다. 전화기를 타고 넘어온 침묵은 불안이 되어 나를 두드렸다. 나는 그 찰나에 정연희에게 그 말을 꺼낸 것을 후회하기 시작했다. 감정을 고백하는 일이, 사실대로 말하는 일이 경솔한 결정은 아니었을까. 한순간도 이렇게 조급해 봤던 적이 없었다. 곧이어 들릴 말이 상상되어서 무서웠다. 우리, 친구로도 못 지내는 건 아닐까? 충동적으로 전화를 내건 자신이 너무나도 원망스러워졌다. 그래, 전학 가서도 친구로 지내면 되는데. 지금처럼 자주는 아니겠지만 가끔 안부도 묻고, 전화도 하면 되는 일인데. 모든 일을 내가 망친 느낌이었다. 뱉은 말을 주워 담고 싶었다. 사실 장난이라고, 전학 가는 게 속상해서 그렇다고 변명 아닌 변명이라도 하고 싶었다. 이대로 나를 안 보겠다는, 그런 마음으로는 친구가 될 수 없다는 말만 하지 않았으면 좋겠다. 빠르게 나의 말을 무마하기 시작했다.

"아, 있잖아, 사실 나는 친구든, 뭐든 다 좋아. 호칭이 뭐가 중요하겠어. 그냥 연락만 계속…."

"친구끼리는 안 이래."

폭포처럼 흐르던 말을 정연희가 틀어막았다. 종말을 고하는 느낌이었다. 입을 다물 수밖에 없었다. 마음이 가라앉는 느낌이었다. 정연희의 말이 꽂혀, 마음에 자그마한 구멍이 생겼다. 그 구멍 사이로 감정이 새어나가는 것인지, 슬픔이 밀려들어오는 것인지 알 수가 없었다.

모래처럼, 물처럼 흘러내리는 것들을 보내고, 물이 들어와 난파당한 배는 버려야 할 때가 왔다. 이제 우리 사이는 어떻게 되는 것인지 고민하던 찰나였다.

"나는 널 좋아하는데, 우리가 어떻게 친구야?"

잘못 들은 줄 알았다. 손이 떨려왔다. 믿을 수가 없어서 되물었다. 그러니까,

"응?"

뇌에서 오작동이 일어나는 느낌이었다. 정연희의 말에 뇌가 느려지는 느낌이 들었다. 술에 취하게 되면 이런 느낌일지 궁금했다. 말 그대로 머리가 돌아가지 않았고, 귓속이 웅웅 울리기 시작했다. 제 기능을 못하게 된 뇌는 정상적으로 움직이지 못했다. 상황 파악이 안 되었다. 아니, 파악을 포기했다. 사랑에는 이성이 필요없다는 말이 이해가 되는 기분이었다.

"어… 그러니까, 우리 친구 아니라고."

그렇게 전화가 끊어졌다. 쑥스러움이 묻어나오는 말이었다. 다급하고 당황스러운 마음을 보여 줬다. 내가 느

끼는 것과 아주 닮은 것 같다고 착각하게 만들었다. 전화라서 다행이라는 생각이 들었다. 말을 들은 나조차도 얼굴을 보고는 들을 수 없을 정도로 부끄러웠다. 한참이나 휴대전화를 들고 서 있었다. 사랑스럽다는 말의 정의를 이렇게 깨닫게 될 줄은 몰랐다.

***

그렇게 정연희는 관계에 대한 새로운 정의만을 남기고 떠났다. 본인이 떠나는 주제에 가는 날에는 나보다 더 많이 울었다. 빨개진 눈으로 나를 쳐다보면서 보고 싶을 거라고, 이렇게 가서 미안하다고 했다. 그 모습을 보고 있으니 문득 나도 울고 싶어졌는데, 안 그래도 미안해하는 정연희가 우는 모습을 본다면 안 떠나려고 할 것 같았다. 대신 전화나 자주 하라는 말과 함께 보냈다.

매일 전화한다고 자신있게 말하던 정연희는 정말로 약속대로 매일 한 통씩 나에게 전화를 걸어 줬다. 언제나 해가 지고 나면 전화가 걸려왔다. 때로는 이른 초저녁에, 때로는 한밤중에. 짧게는 오 분, 길게는 두 시간씩 매일 목소리를 들었다. 그리고 그렇게 전화를 하는 순간들이면 나는 꼭 다른 세계에 와 있는 것 같은 느낌이 들었다. 석식을 먹고 독서실로 향하는 길에서, 독서실

옥상 벤치에서, 혹은 한밤중에 방에서. 죄다 현실적인 공간들이었지만, 정연희의 목소리를 듣는 그 순간만큼은 비현실적으로 다가왔다. 나를 괴롭히던 많은 것들이 사라지고 정연희의 목소리만 남아 나를 지켜주는 것 같았다.

그날도 똑같았다. 고등학교 3학년, 6월 모의고사 성적표가 나왔던 날이었다. 3월 모의고사에 비해서 조금은 떨어진 등급이 눈에 들어왔다. 불길했다. 그리고 불안한 예감은 늘 적중하고 말았다. 부모님은 성적표를 보시더니 여느 때처럼 독설을 내뱉기 시작하셨다. 늘 있는 일이었다. 그리고 그럴 때면 나는 항상 듣고만 있었다. 그게 우리 집의 방식이었다. 가족으로 사는 방식, 이 집에서 살기 위한 규칙. 말 잘 듣고, 조용히 있기. 그러나 그날따라 엄마는 유독 나를 깎아 먹는 말들을 많이 했었고, 나는 그날따라 그것들을 듣고 있기가 힘들었다. 표정 관리가 안 되었던 게 문제였다. 미간을 찌푸리자마자 책장에 꽂혀 있던 책 하나가 나를 향해 날아왔다.

"엄마가 말하는데 그따위 표정을 지어?"

그다음으로 날아온 것은 책이 아니라 손이었다. 더 비참한 것은, 이것까지도 참 익숙했다는 것이다. 아빠는 요즘 안 맞아서 정신을 못 차린 것 같다며 다시 손을 들었다. 나는 앓는 소리 하나 내지 않으며 꼼짝없이 그 것들을 전부 받아내었다. 늘 그랬듯이, 말 잘 들으면서 조용히. 엄마는 그런 나를 경멸스럽게 쳐다봤다. 독한 년이라며, 반성하는 기미가 없다며 옆에서 아빠를 부추 겼다. 수차례 반복되던 손찌검은 입술이 터져 피가 흐르 고 나서야 멈췄다. 엄마는 혀를 차며 방으로 들어갔고, 아빠는 담배를 피우러 나갔다. 나는 걸레짝이나 다를 게 없는 몸을 화장실에 집어넣었다.

다 헝클어져 산발인 머리, 맞아서 부어오른 뺨, 갈빗 대를 비롯하여 몸 곳곳에 생긴 멍과 찢어진 입술. 이게 내 현실이었다. 흐르는 피를 닦아낼 때면 내 인생이 살 아갈 만한 가치가 있는 것인지 다시 생각해 보곤 했다. 그리고 나는 항상 똑같은 답에 도달했다. 살 이유도, 희 망도 없는 삶이었다. 이 원망스러운 삶은 나를 좀먹고 있었다. 행복은 미신에 가까웠다. 철없는 시절의 착각이 라고 하기에는 너무 아팠다.

온통 욱신거리는 몸을 이끌고 방으로 들어와 이불 밑 으로 숨었다. 숨을 쉬는 것조차도 버겁게 느껴졌다. 얼 른 잘 생각으로 불을 끄고 누워 눈을 감았다. 그때 휴대 전화가 울리기 시작했다. 생각해 보니 오늘 정연희가 전화를 하지 않았다는 사실이 생각났다. 손을 뻗어 전화를 받으니, 익숙한 목소리가 들렸다. 정연희는 어제와 똑같은 말투로 오늘 하루는 어땠냐고 물어봤다. 볼품없이 갈라지는 목소리를 가다듬고 나서야 별일 없었다고 대답해 줄 수 있었다. 눈치 빠른 정연희는 목소리만 듣고도 무슨 일 있는 거냐며 걱정을 사서 했다. 정말 괜찮다고 한참을 안심시키고 나니 벌써 새벽 한 시가 훌쩍 넘은 시간이었다. 얼른 자야 아침에 늦지 않게 일어날 수 있을 거란 생각이 들었다. 하지만 막상 자려고 하니 아쉬워서 끊을 수가 없었다. 정연희에게 내일도 전화해 줄 거냐고 물어봤다.

"당연하지. 나 매일 할 거라고 말했잖아?"

그 다정한 목소리는 결국 나를 울리고 말았다. 나에게 허락된 유일한 다정함이었다. 이대로 시간이 멈췄으면 좋겠다는 생각이 들었다. 지금이 영원했으면 좋겠다는 말도 안 되는 욕심이 생겼다. 매일을 오늘처럼 정연희와 함께 마무리하고 싶었다. 그렇다면 나를 괴롭히는 것들은 정말 아무것도 아닐 텐데. 여전히 입안에서는 비릿한 피맛이 돌고 있었고, 몸 곳곳에 자리잡은 멍 자국들은 나를 찌르고 있었다. 하지만, 그것들은 아무래도 좋았다. 나는 딱 이 정도로만 행복해도 충분할 것 같았기 때문이다. 이 정도라면 살 수 있겠다는 생각이 들었다. 그리고 이 행복이 제발 오래갔으면 좋겠다고 생각했다. 많이 밝을 필요는 없으니, 은은하게 곁에 오래도록 남아 있기를 바랐다. 허락되지 않을 영원이라면 최대한 가까워지고 싶었다. 삶의 연명을 위한 행복은 나를 필사적으로 만들었다.

"잘 자, 주아야."

전화기를 타고 넘어오는 목소리에 정연희가 바로 옆에 누워 있는 것 같은 느낌이 들었다. 함께 영화를 보고 곁에 누웠던 때와 똑같았다. 행복감이 어두운 방을 밝히더니, 어느새 내 방은 정연희의 방의 모습을 하고 있었다. 함께 영화를 보고, 같이 잠들었던 그 방의 모습이었다. 천장을 바라보니 그때의 잔상들이 반짝이듯 겹쳐 보였다. 아름다웠다. 그리고,

"좋아해."

가히 비현실적이었다.

\*\*\*

그렇게 나는 정연희의 전화를 기다리며 살았다. 고맙게도 정연희는 내가 고등학교를 졸업하고 대학교에 입학하는 날까지, 나에게 매일 빠짐없이 전화를 해 줬었다. 그 긴 시간, 나는 정연희의 전화를 위해 살았다. 그 짧은 순간들을 기다리며 하루하루를 버텨냈다. 매일 걸려오는 전화 한 통에는 마법 같은 힘이 있었다. 아마 정연희는 평생 모를 특별함이었다.

대학교에 입학한 이후로는 굳이 전화해 줄 필요가 없었다. 정연희가 다니는 학교와 내가 다니는 곳이 지하철역 다섯 개 차이였기 때문이었다. 이제 전화 대신 직접 보러 가면 되는 일이었다. 얼굴 보는 게 너무 오랜만이라서 어색할 것 같다고 하던 정연희는, 막상 나를 보자 그때처럼 눈물을 터뜨렸다. 그 큰 키에 꼭 안겨서 아이처럼 우는 모습이 너무 귀여워서 사실 조금은 달래 주기 싫었다. 빨개진 눈으로 나를 보며 보고 싶었다고 말해 줬다. 여전히 사랑스러웠다.

우리는 그렇게 1학년 1학기를 서로에게 썼다. 고등학교를 다시 다니는 느낌이었다. 학교만 달랐을 뿐이지, 하루 일과 자체가 똑같았기 때문이다. 매일같이 수업이 빨리 끝나는 쪽이 늦게 끝나는 쪽으로 가서 기다렸고, 같은 시간에 밥을 먹고 같은 시간에 잠들었다. 정연희는 내 끼니를 챙길 수 있어서 다행이라고 했고, 나는 굳이 정연희가 꿈에 나오기를 기도하며 잠들지 않아도 됐었다.

해 보고 싶다고 하던 데이트들은 죄다 해 봤다. 나는 전처럼 정연희와 영화를 보고 싶다고 했고, 정연희는 나를 데리고 어디든지 가려고 했다. 정연희는 학교가 근처라는 소식을 들었을 때부터 데이트 장소 목록을 세 페이지씩이나 써 뒀다고 했다. 그래서 우리는 매일 정연희가 찍은 곳을 갔다가, 마지막에는 집에서 영화를 한 편씩 꼭 봤다. 예쁜 산책로나 관광지를 방문할 때도 있었고, 전시회나 공연을 보러 가기도 했다. 정연희가 로망이라고 노래를 부르던 놀이공원 교복 데이트도 했다. 모든 게 평화로웠다. 가끔 집에서 걸려오는 전화들을 빼면 정말 완벽하다는 생각이 들었다. 살면서 그렇게 행복했던 적이 없었다.

하지만 2학기가 되자 상황이 달라졌다. 정연희의 생활에 다른 사람들이 들어오기 시작했다. 숫기도 없고 사람들과 잘 어울리지 못하는 나와는 달리 정연희는 가만히 있어도 사람이 꼬였다. 새로 생긴 친구들은 정연희를 불러내기 바빴고, 정연희는 거절하는 법을 몰랐다. 혼자서 정연희를 기다리는 날들이 많아졌다. 그럴 때면 나는 기

214

한이 한참 남은 과제를 붙잡고 스스로 할 일을 만들었다.

그와 동시에 집에서의 간섭이 심해졌다. 심심하면 걸려오는 전화는 대부분 화풀이 아니면 돈이 목적이었다. 얼마 없는 돈을 떼어 주고, 여유 없는 마음으로 화풀이를 듣고 나면 나는 또 다시 만신창이가 된 기분이었다. 악순환이었고, 벗어날 수 없는 굴레였다. 그래도 정연희가 옆에 있었으니 버틸 수 있었다. 기다리는 게 힘들다는 말은 꺼내기 미안했고, 조금만 지나면 괜찮아질 거라고 애써 나를 위로했다. 견딜 만했다. 아니, 견딜 만하다고 생각했었다.

그날도 정연희는 과 행사 때문에 늦게까지 술을 마시는 중이었다. 최근에 자주 못 만났던 게 영 미안했는지, 정연희는 오늘은 꼭 영화를 보자고 하며 자신의 집으로 가서 기다리고 있으라고 했었다. 나는 괜한 기대감에 영화를 보며 먹을 간식거리를 사 들고서 정연희네로 향했다. 여느 때처럼 과제를 하며 정연희를 기다리고 있었는데, 졸음이 미친 듯이 밀려오기 시작했다. 조금만 자고 일어날 생각으로 눈을 붙였는데, 정신을 차리고 보니 벌써 두 시가 넘은 시각이었다. 놀라서 휴대 전화를 확인해 보니 정연희는 연락이 없었다. 아직까지 소식이 없는 정연희 걱정을 하기도 전에 집에서 온 부재중 전화가 다섯 통이 눈에 들어왔다. 무슨 일인지 확인해 봤더니, 욕과 함께 당장 주말에 본가로 오라는 내용의 메시지가 있었다. 나가 살더니 제정신이 아니다, 전화도 안 받고 사람이 덜 됐다는 내용의 문자를 끝까지 읽고 나니 탈력감이 몰려왔다. 머리가 아팠다. 그제서야 내가 많이 지쳤다는 생각이 들었다. 어디로든 가 버리고 싶은 마음이었다. 다 두고 도망가고 싶었다. 예전에는 어떻게 버텨냈나 생각해 보니, 지금은 자리에 없는 정연희가 답이었다. 헛웃음만 나왔다.

그때 정연희가 현관문을 열고 들어왔다. 새빨개진 얼굴을 하고서는 나를 보더니 크게 웃었다.

"주아야!"

내 이름을 반갑게 부르더니 그대로 나에게로 와서 안겼다. 원래라면 술에 취해서 붙어오는 정연희가 귀여웠겠지만, 지금은 이 술주정을 받아줄 만한 상황이 되지 못했다. 정연희를 일으켜 세우려고 하니, 도리어 나를 붙잡고 영화를 보자며 아예 티브이 앞으로 나를 끌었다. 억센 손길에 손목에 빨간 자욱이 남았다. 정연희한테서 진동하는 술 냄새 때문에 두통이 더 심해졌다. 일단 씻고 보자고 몇 번을 말해도 망부석처럼 앉아서 무슨 영화를 보고 싶은지를 계속해서 물어봤다. 순간 정신이 멍해지는 느낌이 들었다. 머릿속이 온통 새하얀 도화지 같았다. 이게 무슨 감정인지 정의하려고 노력해 봐도 도무지 답이 나오지 않았다. 무슨 말을 해야 할지, 어떻게 해야 할지 고민하던 중에,

"정연희, 이거 놔."

나도 모르게 말을 뱉어냈다. 평소와는 다른 말투에 정연희도 손을 놓고는 나를 올려다 봤다. 바로바로 말하는 정연희와 달리, 정연희에게 지금까지 짜증 한 번, 화 한 번을 안 냈었던 나였다. 그래서 나조차도 처음 뱉어 보는 말에 당황했다. 정연희는 그 말에 술이 바로 깬 건지 미안하다며 얼버무렸다. 와중에도 나는 풀 죽은 정연희의 모습을 보고 있기가 힘들었다.

"나중에 연락할게. 씻고 자."

나는 이 말과 함께 정연희의 집을 도망치듯 빠져나왔다.

\*\*\*

집으로 돌아가자마자 침대 위로 쓰러졌었다. 아주 긴 잠이 필요했었다. 그리고 다음 날 바로 본가로 향했다. 도착하니 지긋지긋한 집구석은 달라진 곳이 없었다. 여전히 나를 갉아먹는 유해한 곳이었다. 전화를 제때 받지 않았다는 이유로 이번에도 또 한바탕 전쟁이 일어났다. 결국 아빠는 피를 보고 나서야 자취방으로 돌아가게 해 줬다. 딱지가 앉은 자리가 쓰라렸다. 옛날이나 지금이나, 피만 보면 내 인생이 생각났다.

기차역에서 정연희에게 전화를 걸었다. 연락하겠다는 말 이후로 경황이 없어서 새까맣게 잊고 있었다. 신호음이 몇 번 가지 않아 정연희는 전화를 받았다. 무슨 말로 대화를 시작해야 할지 감이 잡히지 않았다. 하루 정도 안 봤을 뿐인데, 이렇게 어색한 침묵이 맴돌 일인가 싶었다. 속은 괜찮냐고 물어봤더니 지금은 괜찮다는 대답이 돌아왔다.

"그때 그렇게 말해서 미안해. 받아줄 만한 상황이 아니었어."

정연희를 두고 나왔던 게 마음에 걸려서 내가 먼저 입을 열었다. 상황 자체에 대해서는 굳이 정연희가 알 필

218

요가 없을 것이라고 생각했다. 알게 된다면 걱정만 할 것이고, 무엇보다도 알리고 싶지 않은 내용이었다.

"무슨 상황이었는데?"

그런데 정연희가 상황에 대해서 파고들었다. 대충 설명하며 적당히 넘어가려고 해도 정연희는 집요하게 물어봤다.

"네가 그랬던 데에는 이유가 있을 거 아니야. 무슨 일이었는지 말해 주는 게 그렇게 어려워?"

정연희의 언성이 점점 높아졌다. 결국,

"나… 좀 지친 것 같아."

다 실토해 버렸다. 텅 빈 집에서 혼자 기다리는 거에 지쳤고, 집안 때문에 스트레스 받고 있었다는 이야기를 했다. 한 번 운을 떼니 내가 시작한 이야기는 쓰러지는 도미노마냥 끝까지 쏟아졌다. 그렇게까지 말하고 싶지 않던 것들이었는데, 정연희는 나를 찔러 다 뱉어내게 만들었다. 자괴감이 나를 감쌌다. 걱정 섞인 잔소리와 듣고 있기 속상한 사과들을 뱉을 것이 뻔했다. 이때 정연희는 이해하기 힘든 말들을 하기 시작했다.

"너는 연애 혼자 해? 그러면 말을 할 생각을 했어야지. 너는 나 사랑해? 사랑하는데도 그래?"

당혹스러웠다. 자신을 사랑하는지 물어보는 정연희한테 뭐라고 대답해 줘야 할지를 찾지 못했다. 당연히 사랑하니까 참았던 거고, 사랑하니까 견뎠던 것이다. 그런데 왜 나에게 이런 말을 하는 건지 이해를 할 수가 없었다. 그리고 다음 질문을 듣자마자 머리가 멍해졌다.

"그럼 나는, 나는 너 사랑하는 것 같아?"

대답할 수가 없었다. 말 그대로 혼란스러워서 아무런 생각이 나지 않았다. 나도 몰랐던 나의 치부와 마주한 느낌이었다. 입술을 꽉 눌러 깨물었다. 겨우 피가 멎었던 곳에서 다시 피가 흐르기 시작했다.

"그럼, 그럴 리가 없지."

이따 연락한다는 말과 함께 전화가 끊겼다. 나는 아주 오랫동안 그곳에 서서 정연희의 말을 곱씹었다. 머리가 멈추기라도 한 것 같았다. 정리되지 못한 생각들에 머릿속은 온통 난장판이었다. 한참을 생각하고 나서야 겨우 결론을 내릴 수 있었다. 나는 단 한 번도 정연희의 사랑을 갈구하지 않았던 적이 없었는데, 내가 만든 정연희는 나를 사랑해 주지 않는 사람이었던 것 같다. 나를 왜 사랑하는지 알 수 없고, 그 마음을 이해할 수 없는. 내 사랑은 우리의 관계가 아닌 정연희만을 생각하는 사랑이었다. 기차에 몸을 싣고 눈을 감았다. 몸이 부서질 것 같다는 생각이 들었다. 위태로웠다. 아주 잠시라도 좋으니, 현실과의 차단이 필요했다.

\*\*\*

그렇게 전화를 끊고 일주일 만에 정연희에게서 연락이 왔다. 이따 집 앞 카페에서 보자는 내용이었다. 무슨 말을 꺼낼지 꼭 알 것만 같았다. 스치는 생각이 사실이 되는 일만큼은 없기를 바라면서 카페로 향했다. 창가에 앉아 있던 정연희는 어딘가 멍한 표정이었다. 여전히 얼음 같은 얼굴이었지만, 울기라도 한 건지 눈이 부어 있었다. 다가가 앉자 정연희는 두 눈을 꼭 감고 나를 불렀다.

"주아야,"

부르는 목소리에서 나는 마음의 준비를 하고 왔어야 했다는 생각이 들었다.

"우리 이대로는 안 될 것 같아."

온몸의 피가 빠져나가는 기분이었다. 정연희가 이렇게 감정적으로 나올 때면 나는 당황스러움을 숨기지 못했다. 늘 마주하는 것들이지만, 나에게는 매번 낯선 상황으로 다가왔다. 어떻게 잠재워야 할지는 시간이 많이 지난 지금까지도 여전히 어려운 문제였다. 서로를 꼭 닮은 예민함을 가지고 있으면서도, 우리의 감정의 표출 방식은 너무나도 달랐다. 정연희는 먹구름이다. 가득 물고 있는 감정이 버거워지면 비를 뿌렸다. 때로는 가벼운 안개비로, 때로는 장마철의 폭우로. 그리고 오늘처럼 마음이 유난히 무거운 날이면 폭풍우로 나를 찾아왔다. 나는 어쩌지도 못한 채로 흠뻑 젖어서 빗물에 휩쓸릴 뿐이었다. 비를 피하는 방법은 없었다. 그저 잠잠해지기만을 기다릴 수밖에 없었다.

"내가 홧김에 이러는 거라서 실수하는 걸지도 몰라. 하지만…"

그러는 나는 안개였다. 정연희는 가끔 나를 보고 공기

처럼 우울을 숨쉬는 것 같다고 했다. 하지만 그 말이 나와 꼭 닮아서 부인할 수도 없었다. 가벼운 감기를 자주 앓는 것과도 같았다. 많이 아프지는 않았지만, 항상 아팠다. 나의 곁에는 잔잔한 우울이 머물렀다. 단순히 걱정이나 생각이 많고, 마음 쓸 일이 많은 것과는 다른 것이다. 비가 내리고 난 후면 나는 꼭 우울을 가득 머금고, 유난히 짙은 우울을 감내해야 했다. 비에 젖어 버린 옷가지는 축축하고 차가운 안개 덕에 마를 생각이 없었다. 이에 내가 바라는 것이 있었다면, 뿌연 안개가 정연희의 눈까지는 가리지 않았으면 하는 것이었다. 나의 우울이 정연희한테까지는 번지지 않았으면 했다. 정연희에게는 보여 주고 싶지 않은 것들이 많았다. 그래서 나는 또 안개처럼, 공기처럼 앓았다. 늘상 축축하게 젖어 있는 사랑이었다.

"내가 너를 망치고 있는 것 같아."

그리고 나는 정연희가 이를 이해해 주기를 바랐다. 비가 내리고, 안개가 드리우는 것도 결국은 서로의 곁에 머무르기 위함이었다. 항상 좋을 수만은 없는 관계이다. 비슷한 결핍을 지닌 사람들은 비슷한 증상을 앓는다. 내가 그 아이의 폭풍우까지도 감내할 수 있었던 이유도 그저 정연희 하나였다. 나에게 조금이라도 괜찮으니, 아주 은은하고 옅게라도 사랑을 선물해 주기를 바랐다. 나를 밝히기 위해서는 촛불만큼의 사랑이면 충분했다. 촛불에 옷을 말리고, 얼어붙은 손을 녹이고. 그러나,

"네가 행복해 보이지 않아. 우리 헤어지자."

촛불은 꺼지고 말았다.

\*\*\*

정연희가 사라진 후, 카페에 또 한참을 혼자 앉아 있었다. 우리의 연애에도 결국 끝이 다가왔다. 함께 울고 웃으며 보낸 시간은 길었어도, 이별은 정말로 순식간이었다. 금방이라도 울 것 같은 눈으로 헤어지자고 하는 정연희의 모습이 잔상처럼 머리에 박혀서 사라지지 않았다. 자신과 만나는 내가 행복해 보이지 않는다고 하는 정연희를 붙잡을 구실도, 힘도 없었다. 나는 괜찮다고, 행복하다고 몇 번을 말해 줘도 돌아오는 대답은 똑같았다. 잘 지내라는 인사도 무시하고 자리에서 일어나는 모습을 보니 정말 끝이라고 말하는 것 같았다.

이 모든 일은 전부 나의 잘못이었다. 우려하던 일이 일어나고 말았다. 결국 나의 우울이 정연희에게도 번진

것이다. 아무것도 보지 못하는 정연희는 나를 완전히 잘
못 짚었다. 정연희는 나에게 유일하게 행복을 선물해 주
던 사람이었다. 어두운 곳으로 들어와 문을 두드려 주
고, 나의 울음소리를 들어 주던. 악몽에 시달릴 때면 조
용히 나를 깨워 주고, 다시 잠들 때까지 손을 잡아 주
던. 정연희 없이는 행복할 자신이 없어서, 나를 깎아내
어 맞추더라도 옆에 있고 싶었다. 사랑하고, 사랑받을
곳이 없던 나에게 정연희는 사실, 아주 많이 간절했다.
망가진 인생에서 사랑할 만한 것이 정연희 하나라서, 작
지만 전부인 사랑을 주고 싶었다. 사랑을 주는 것도, 받
는 것도 서툴렀지만, 내가 꿈꾸는 행복에는 언제나 정연
희가 있었다.

'나 같은 것 없이도 행복할 수 있어. 아니, 그렇게 살
아야지.'

그리고 정연희는 이런 기형적인 사랑이 싫었을 것이
다. 나를 이해할 수 없었을 것이다. 살아온 삶이 너무
달랐던 탓인 것 같다. 사랑과 여유가 넘치는 삶을 살아
온 사람은 이 간절함을 알 수 없다. 결핍의 골이 달랐
다. 정연희에게 사랑은 절대 삶의 원동력과 같은 것이
못 되었다. 사랑이라는 절벽이 아니면 디딜 곳이 없는
나와는 달랐다. 헌신적인 사랑은 가끔은 일방적인 모습

을 하곤 했다. 나는 정말로 모든 것을 정연희에게 맞췄다. 하자 있는 인간을 사랑해 주는 것이 고마워서였다. 일말의 부담도 지우기 싫었기 때문이었지만, 도리어 의도치 않게 정연희를 가해자로 만들고 말았다. 정연희는 그렇게 내 손을 놓았다. 내가 그만두지 않는다면 본인이 그만둘 생각이었을 것이다. 정연희는 나에게 상처 주는 것을 싫어했고, 나는 나에게 상처를 내서라도 곁에 머물러야 했다. 그렇게 난 상처들은 아물 틈도 없이 곪고 터져 피를 흘리고 있었다. 나는 언제부터인가 이를 아주 잘 알고 있었던 것 같다. 잘 알면서도 모르는 척 덮어 뒀던 이유는, 언제 끝날지도 모를 관계를 조금이라도 연장하기 위해서였다. 마주하고 싶지 않은 불편한 진실이었다. 나는 오늘 그 진실에 결국 손을 뻗고 말았다. 정연희는 나의 유일한 구원자였지만, 동시에 나의 상처를 보여 주는 거울이었다. 정연희 때문에 살았지만, 정연희 때문에 아팠다.

인정하기 싫었지만, 정연희 또한 나의 병이었다.

\*\*\*

어떻게 지내고 있는 건지 모르겠다. 나의 삶은 원래의 모습을 되찾았다. 3년이라는 시간이 무색하게 네가 없는 세상으로 돌아왔다. 고등학교 2학년, 정연희를 처음 만난 순간부터 대학생이 되어 한 해를 마쳤을 때까지, 아주 긴 꿈을 꾸었던 것 같다. 나는 꿈에서 일어나 차갑고 퀴퀴한 현실을 딛어야 했었다. 꿈은 꿈일 뿐이라서, 아무리 생생하다고 해도 손에 넣지 못한다는 것을 아주 잘 알고 있었다. 헤어진 직후에는 뒤탈이 그리 심하지 않았다. 나는 워낙 바빠서 이별의 후유증을 앓을 시간도 없었다. 누군가는 사랑이 끝나면 밤새 방에서 울기만 했다고 한다. 누군가는 식음을 전폐하고 누워만 있었다고 한다. 나는 그럴 수 없었다. 전쟁 같은 일상을 핑계로 억지로 잠도 잘 자고, 억지로 밥도 잘 먹었다. 나의 어린 서사를 팔아먹어 삶을 연명할 수도 없는 노릇이었다. 덕분에 마음대로 슬퍼할 수도 없었다. 모든 것을 인정하고 나니, 오히려 편하기까지 했다. 원래부터 이루어질 수 없는 운명이었다는 진부한 말로 스스로를 위로했다. 그러다 가끔, 잘 지내고 있다 착각하고 있을 때면 느닷없이 정연희가 생각났다. 떠오른 잔상이 한동안 머릿속에 머무는 바람에 하고 있던 일에 집중할 수가 없었다. 나는 이러다가 곧 그만둘 줄 알았다. 3년을 같이 울고 웃었는데, 이런 그리움 정도는 괜찮을 거라고 생각했다. 견딜 만하다고, 잠시면 끝날 것이라고 생각했다.

그런데 그게 아니었다. 분명 괜찮아질 것이라고 생각

했는데, 어떻게 된 일인지 시간이 지나도 사라지지 않았다. 같이 누워서 바라봤던 천장, 학교 가는 길에 들었던 수많은 노래들, 내가 좋아했던 웃음소리, 그리고 우리를 비추던 가로등 불빛까지. 그 수많은 것들을 잊을 수 없었다. 그리고 정연희는 항상 그 장면들 사이로 자신의 자리를 지키고 있었다. 아직 그때의 모습을 그대로 간직하고 있었다. 어떨 때는 교복을 입은 단정한 모습으로, 또 어떨 때는 내가 좋아하는 신발을 신은 채로. 잊을 수 없었다. 아직은 잊고 싶지 않았다. 다른 기억들처럼 저편으로 넘겨 버리기에는 너무 예쁘고, 너무 사랑스러웠다. 헤어지고 일 년이 지난 지금까지도 그랬다. 정연희는 그렇게 나의 머릿속에 집을 짓고 들어가 살았다. 날씨가 좋은 날이면 집에서 나와 웃는 모습을 보여 줬고, 날씨가 흐린 날이면 우산을 꺼내 마중을 나왔다. 나는 습관처럼 그 모습들을 그리다가 곧 정신을 차리곤 했다. 그러기를 반복하다 깨달은 것이 하나 있다면, 나는 정연희의 손을 너무 많이 탔다는 것이다.

나는 정연희 덕분에 나의 의지로 굴러가지 않는 삶에 난생 처음으로 발을 붙이고 살고 싶어졌었다. 혼자서 살아왔던 삶은 어땠는지 기억조차 나지 않았다. 늦은 밤, 혼자 집을 향할 때, 혹은 잠자리에 누워서도 쉬이 잠을 이루지 못할 때. 가장 취약한 순간들에 떠오르는 건 그 누구도 아닌 정연희였다. 말해 주지 않아도 나를 잘 알았던 것처럼 나의 심연을 또다시 날카롭게 헤집고 들어왔다. 한바탕 마음에 소동이 일고 나면, 나는 놀랍도록 삶을 포기하고 싶어졌다. 이전에는 죽은 것처럼 잘 살아왔었는데, 더는 이 딱딱하고도 무자비한 삶을 버티고 싶지 않아졌다. 지난 3년, 나의 미래를 그릴 수 있었던 건 단 하나 때문이었다. 하루하루를 정연희가 가져다준 행복들을 빌어 살았을 뿐이다. 내 삶은 예전과 어느 것 하나 달라진 것이 없는데, 나만 혼자 바뀐 느낌이었다. 사랑하기 전의 나를 기억할 수 없다.

나는 정연희가 나에게 선물해 준 꽃들을 마음에 심었다. 꽃들은 곧 자라서 스스로 다른 꽃을 계속 피워 내기 시작했다. 하나가 지고 나면 그 다음날 똑같은 자리에 또 다른 꽃이 생겨났다. 늘 같을 줄만 알았던 곳의 풍경이 점차 바뀌게 되었다. 나의 마음을, 이 작은 꽃밭을 가꾸는 게 참 좋았다. 그리고 언젠간 정연희를 초대해서 온통 꽃들이 만개한 마음을 보여 주고 싶었다. 너로 인해 이 황폐한 곳에도 꽃들이 피어났다고, 나에게 새로운 풍경을 선물해 줘서 고마웠다고 말해 주고 싶었다. 하지만 이 꽃밭은 이제 무덤이 되었다. 정연희와의 기억들을 양분 삼아 가꿨던 꽃들은 전부 시들었다. 말라 비틀어져, 거름으로도 쓸 수 없을 정도의 시체가 되었다. 또 다시 정연희처럼 꽃을 선물해 줄 누군가를 찾을 수 있을까. 사실, 찾는다고 해도 별로 소용은 없을 것이다. 내가 할 수 있는 일은 그 시체들을 끌어안고 우는 것밖에 없었다. 아직도 예뻤던 풍경이 생생해서, 볼품없이 죽어 버린 꽃들을 놓을 수가 없었다. 어떻게 그것들을 새로운 꽃으로 덮을 수가 있을까. 여기는 꽃을 피워 내지 못하는 땅이다.

어지럽게 울리는 진동에 휴대폰을 확인하니 엄마에게서 전화가 오고 있었다. 종말을 고하는 것처럼 머릿속에서도 진동이 울리기 시작했다. 토기가 치밀었다. 헛구역질을 하면 속에서 꽃들이, 시체들이 쏟아져 나올 것 같았다. 더는 버틸 수 없을 것 같았다. 이런 마음이라면 다시는 너를 볼 수 없을 것이다. 친구로도, 길에서 마주치는 사람으로도 볼 자신이 없다. 사랑은 속박이 되었고, 우리의 관계는 완전히 망가졌다. 차라리 사랑하지 말걸, 하며 후회했던 적도 많다. 이제는 읽고 싶다고 하던 책은 읽었는지, 가고 싶다고 했던 곳은 갔는지, 궁금해도 물어볼 수 없다. 이 세상 어딘가에서 잘 지내기만을 바라는 수밖에 없다. 그리고 너도 똑같았으면 좋겠다. 이 소식을 네가 듣지 못했으면 좋겠다. 세상 어딘가에서, 나도 나대로 살아가고 있을 거라고만 생각해 줬으면 좋겠다. 네가 나를 아주 오래 기억해 줬으면 좋겠다.

네 기억 속에서 나의 집을 지어, 그곳에서 영생을 살고
싶다. 몇 번이고 내가 보고 싶어지면 나를 찾아올 수 있
도록, 네가 이 사실을 몰랐으면 좋겠다. 이것이 내가 너
를 사랑하는 방식이다. 그러기만 한다면, 죽어도 좋았다.
살아도 산 게 아닌 삶을 살았으니, 죽어도 죽은 게 아닌
삶을 살 것이다. 그것이면 충분했다.

꽃밭은 죽었다.

사랑하는 삶과 사랑하는 삶. 똑같은 다섯 글자에는 서로 다른 의미가 담겨 있습니다. 자신의 삶을 사랑하거나, 어떤 것을 사랑하며 살거나. 타인과의 안정적인 관계를 위해서는 이 둘 중 어느 것 하나도 결여되지 않아야 하죠. 꽃밭이 없으면 꽃이 있을 수 없고, 꽃이 없으면 꽃밭은 더 이상 꽃밭이 아닌 것처럼요. 이 글을 통해 하고 싶었던 말들이 참 많았는데, 여기까지 읽어 낸 여러분에게 그것들이 잘 와닿았기를 바라며 제 이야기를 마칩니다. 우리 모두 사랑하는 삶을 살아요. 사랑은 모든 것을 이기니까요.

P.S. 제가 글을 쓸 수 있도록 같이 밤을 지켜 준 모든 이들에게 감사를 표합니다. 어두운 항해의 등대가 되어 주셔서 감사합니다. 마지막으로, 늘 무수한 영감을 얻을 수 있어서 감사했습니다.

꽃이 지기 전에 이 책을 마칩니다.
또 만나요, 꽃처럼.

# 꽃, 말

초판 1쇄 2020년 1월 24일

지은이 | 이영미, 강예원, 장정원, 최동진, 추유담, 서지영, 우주연
펴낸곳 | 한국전자도서출판
발행인 | 고민정
주　소 | 서울특별시 중구 을지로 14길 20, 5층 출판그룹 한국전자도서출판
홈페이지 | www.koreaebooks.com
이메일 | contact@koreaebooks.com
전　화 | 1600-2591
팩　스 | 0507-517-0001
원고투고 | edit@koreaebooks.com
출판등록 | 제2017-000047호
ISBN | 979-11-86799-42-0 (03810)

―――――

© 2019 부산외국어대학교

기 획 부산외국어대학교 파이데이아 창의인재학과
저 자 이영미, 강예원, 장정원, 최동진, 추유담, 서지영, 우주연